아지랑이 데이즈 VI

-over the dimension-

KAGEROU DAZE

진(자연의적P) 지음
시즈 일러스트
이수지 옮김

목차

daze 1   013

lost days − 1   033

lost days − 2   065

lost days − 3   085

lost days − 4   109

lost days − 5   127

lost days − 6   157

lost days − 7   193

lost days − 8   207

daze 2   217

"난 왜, TV를 보고 있는 거지."

　나는 오도카니 놓여 있는 아날로그 TV 앞에서 그렇게 혼잣말을 중얼거렸다.
　딱히 머리가 멍한 것도 아니다. 잠들었던 기억도 없거니와, 정신을 잃었던 기억도 없다.
　……아니, 그게 아니다. 애초에 아무 것도 기억나지 않는다.

　자신이 어떤 이유로 여기에 있으며, 어째서 TV를 보고 있었는지. 어찌된 영문인지 아무 것도 기억나지 않는다.
　나는 조금 전까지 보고 있었을 TV의 내용은커녕, 입을 열고 말을 내뱉기 직전까지의 모든 사건을, 전혀라고 해도 좋을 정도로 기억하지 못했다.
　마치 입을 열기 전까지의 기억을 누군가가 쑥 뽑아간 것만 같다.

나는 흩어져 있던 의식을 눈앞에 있는 TV 화면으로 돌렸다.

화면에는 영화의 엔딩 크레디트로 보이는 문자열이 일그러진 바이올린의 단아한 멜로디에 맞춰서 천천히 흘러가고 있었다.

그렇다면 나는 지금까지 영화라도 보고 있었던 걸까.

……전혀 상상이 안 가는 걸. 애초에 나에겐 영화를 감상하는 취미가 없었다. 본다고 해도 일요일 아침 시간대에 방영되는 변신 소녀물 애니메이션의 극장판 정도다.

그렇다고 하더라도 흘러가는 엔딩 크레디트를 그저 한없이 계속해서 바라보고 있었을 리도, 뭐 없겠지.

아무리 시간이 남아도는 생활을 보내고 있다고 해도, 그건 시간 낭비니까.

엔딩 크레디트가 있다는 것은 「본편」이 있다는 말이다. 나는 『뭔가』의 본편을 보고 있던 게 틀림없겠지만, 도대체 무엇을 보고 있었던 걸까.

"안 되겠어, 아무 것도 떠오르지 않아. 그보다~ 여기는 도대체 어디야……."

그래. 우선 현재 위치를 확인하자.

주변에 상황을 파악할 수 있을 만한 것이 없으려나. 건물이나 창문이나 사람이라도 좋다.

뭐, 일단 내가 방에서 나간다는 것 자체가 있을 수 없는 일이겠지만.

그런 생각을 하면서 주위를 둘러본 나는—.

—보이는 광경에 내 눈을 의심했다.

"……거짓말이지, 어이."

주위에는 사방 몇백 킬로미터 앞까지 계속되는 건지 짐작도 안 되는, 끝없이 이어진 순백의 세계가 펼쳐져 있었다.

내다볼 수 있는 범위 내에는 사람이나 건물은커녕 고목한 그루 없었다. 하늘과 지면의 경계도 없거니와 태양과 달 같은 것은 물론이고, 자신의 그림자조차 찾을 수가 없었다.

나와 낡은 아날로그 TV를 제외하고는, 좌우 앞뒤 위아래 시야에 펼쳐지는 「모든 것」이 새하얬다.

너무나도 가차 없이 비현실적인 광경 앞에서, 나는 그저 몸을 떨 수밖에 없었다.

어린 시절에는 한밤중의 어둠을 무척 무서워했다. 눈앞에 펼쳐진 흰색은 어둠과 반대의 색이었지만 의미는 마찬가지였다.

아니, 어둠이었다면 「보이지 않을 뿐 어딘가에 희망이 숨어 있을지도」 하고 일말의 기대를 품을 수 있었을 것이다.

하지만 여기에는 아무 것도 없었다. 이렇게까지 새하얀 공허를 보게 되니 도저히 희망을 찾을 수 없었다.

머릿속이 해석의 여지도 허용하지 않는 절망으로 메워졌다.

이 장소에 올 때까지의 기억도 없거니와, 주변에는 아무도 없었다. 어딘가를 향해 걸어가려고 해도 어디로 가야할지 모르겠다.

주변 일대에 펼쳐진 것은 한 조각의 희망조차 비추지 않는 하양, 하양, 하양……

여긴 도대체 뭐지? 사람이 이렇게 터무니없이 거대한 공간을 만들 수 있던가? 아니, 불가능하다. 그렇지만 도저히 자연물로는 보이지 않았다.

그저 아무 것도 없는, 인공물도 자연물도 아닌 광활한 공간. 짐작 가는 것이 하나 있다면, 혹시 나는…….

"그럴 리가 있냐, 제길……!"

나는 말을 거칠게 내뱉으며 조급해지는 생각을 차단했다.

그렇다. 이렇게 비현실적인 상황 속에서 열심히 머리를 굴려봤자 대답이 나올 리 없다.

아무튼 지금은 찾을 수밖에 없다. 어딘가에 분명, 여기에서 빠져나갈 수 있는 힌트가 있을 것이다.

뭔가, 뭔가 단서가 없을까. 어떻게 하면 이 이상한 공간에서 빠져나갈 수 있을까. 그 방법을 찾을 수 있는 단서가 어딘가에…….

그렇게 해서 내가 가장 먼저 달려든 것은 당연히 눈앞에 놓인 아날로그 TV였다.

이제 이 공간에서 유일한 희망은 눈앞의 TV뿐이다. 무엇이든 좋다. 사소한 것이라도 좋으니 정보가 필요했다.

그런 기대를 담아 화면을 들여다보았지만, 바람이 무색하게도 화면이 비추고 있던 것은 절망과 다를 바 없는 정보였다.

"어느 나라 말이야, 이건……."

화면에 흘러나오는 엔딩 크레디트는 여러 나라의 언어를 뒤죽박죽으로 섞어서 붙여놓은 것 같은 기괴한 문자열로 구성되어 있었다.

어떻게든 읽어보려고 자세히 들여다봤지만, 규칙성도 없는데다 일관성도 없었다. 언어학에 대한 약간의 지식은 있었지만, 이래서는 손을 써 볼 도리가 없었다.

나는 크게 한숨을 쉬고 그 자리에 털썩 주저앉았다.

주위를 다시 둘러봤지만, 어디를 어떻게 봐도 이 TV 이외에는 아무 것도 없거니와 사람도 없었다.

떠올릴 수 있는 마지막 기억은 내 방에서 컴퓨터를 만지던 기억인가……. 이것도 애매했지만, 적어도 외출한 기억은 없었다.

엔딩 크레디트가 흐르는 TV…… 이것은 도대체 무엇을 의미하는 걸까.

화면을 바라보니 「역시 나는 지금까지 여기에서 『뭔가』를 보고 있던 게 아닐까」 하는 생각이 들었다.

웃음이 나오는 내용이었던 것 같기도 하고, 어쩐지 슬프고 엄숙한 내용이었던 것 같기도 하다. 그런 단편(斷片)도 되지 않을 기억이 머리 한구석에서 떠올랐다 사라졌다.

그렇다. 역시 나는 이 엔딩 크레디트의 「본편」에 해당하는 내용을 본 것이 틀림없다.

하지만 어찌된 영문인지, 그 「본편」에 관한 핵심적인 기억이 안개가 낀 것처럼 떠오르질 않았다.

나는 도대체 왜 가장 중요한 부분을 잊어버린 걸까.

"떠올리고 싶지도 않은 내용이었나?"

그런 말을 입 밖으로 내뱉은 그 순간, 나는 기괴한 문자열 속에서 읽을 수 있는 문장을 찾아냈다.

놓칠 수 없다는 생각에 허둥지둥 TV 화면에 달라붙었다.

간신히 발견한 실낱같은 희망이다. 나는 무심코 그 문장을 소리 내어 읽었다.

"어디보자······ 『주연······ 키사라기······ 신타로』?"

태어난 이래 나와 동성동명인 녀석은 본 적도 없다. 있다 해도 이 타이밍에 그런 우연이 일어날 일은 없겠지.

그래, 주연 항목에 적혀 있는 것은 틀림없이 내 이름이다.

주연······ 요컨대 내가 주역이라는 말인가? 어이어이—, 주역은커녕 영화 같은 것에 출연한 적도 없다고.

영화가 아닌 다른 뭔가라는 건가? 하지만 그것 이외에 엔딩 크레디트가 흐르는 거라고 해봤자, 연극 녹화 영상이나 드라마, 애니메이션…… 전부 출연한 기억이 없는 것뿐이다.

애당초 그 중에서 내가 주역이 될 만한 것은 하나도 없었다.

그래. 애초에 내가 주역으로 나올 만한 건 기껏해야 내 인생 정도…….

내…… 인생……?

"……아니야."

아니야. 아니야, 아니야, 아니야!

그럴 리 없어. 꿈이다. 분명 나는 악몽을 꾸고 있는 거야. 이 몸에 흐르는 한기도, 숨쉬기 어려운 고통도 전부 악몽인 게 틀림없어.

그래, 「끝났다」니 그럴 리가……!

"뭐가 어떻게 돌아가는 거야……! 젠장!"

나는 일어서서 눈앞에 있던 아날로그 TV를 힘껏 걷어찼다. 뼈가 부러져도 이상하지 않을 정도로 강하게 걷어찼다.

……그런데 뭐야 이거. 어째서 통증이 느껴지지 않는데다

가 피도 흐르지 않는 거지?

무서워. 이해가 안 돼. 불안해서 어쩔 줄을 모르겠어. 그런데도, 아아…… 나는 어째서 눈물조차 나오지 않는 걸까.

나는 어떻게 된 거지? 어째서 아무 것도 생각나지 않는 거지? 나는 정말로 「**키사라기 신타로**」인 걸까?

누구라도 좋아, 누군가 가르쳐줘.

나는 앞으로 어떻게 되는 거야?

이대로 사라지는 건가?

끝나는 건가?

그렇지 않으면 영원히 계속된다는 건가? 설마 이대로 영원히 이렇게 아무 것도 없는 곳에 나 홀로…….

……아아, 그런 건 싫어, 어쩜 이렇게 지독한 꿈이 다 있지?

머리가 이상해 질 것 같아, 꿈이라면 빨리 깨어나 줘…… 빨리…….

"……진정해, 신타로."

……목소리.

갑자기 들려온 그 목소리는 당장이라도 타서 끊어질 듯했던 내 사고를 딱 정지시켰다.

느닷없이 들려온 목소리에 놀란 것일 수도 있다. 하지만 내 머리가 사고를 급정지한 것은, 아마도 목소리 주인이 너무나 의외의 인물이었기 때문이겠지.

목소리에 이어서 짧고 날카로운 전자음이 「삣, 삣」 하고 같은 간격으로 울리기 시작했다.

뭔가를 나타내듯이 계속해서 무기질적으로 울리는 전자음. 이 소리, 이 울리는 방식…… 알고 있다. 이것은 생명의 고동을 나타낼 때 사용되는 소리다.

심전계였던가……. 지금까지 몇 번인가 들은 적이 있다. 돌아가신 할아버지가 입원해 계실 때. 여동생이 바다에 빠졌을 때. 그 외에도 한 번…….

숙였던 고개를 들자, 조금 떨어진 공간에 어디로부터 이어졌다고 할 수 없는 철제문이 나타나 있었다.

문 주변에는 벽 같은 것도 없이, 정말 그저 문이 서 있다는 느낌이었다.

머릿속이 냉정해진 건지, 드디어 머리가 이상해진 건지, 스스로도 잘 알 수 없었지만, 느닷없이 나타난 그것을 봐도 뭐라고 할까, 이상하게도 「놀랐다」 같은 감정은 솟아나지 않았다.

다시 문을 바라보았다.

저것은 수술실 문인가……. 그렇게 생각했던 것은 문 위에 수술 중을 연상시키는 붉은색 전광판이 빛나고 있었기 때문이다.

삑, 삑 하고 같은 간격으로 울리는 전자음도 저 문 너머에서 들려오는 것 같았다.

갑자기 나타난 문. 그리고 조금 전에 들렸던 목소리…….

"……들어오라는 소리인가?"

나는 느닷없이 나타난 문의 의미를 그렇게 해석했다.

조금 전에 들려온 목소리는 들은 적이 있다. 아마 내 짐작이 맞는다면 그 사람이 틀림없겠지.

그렇다면 얄궂은 이야기지만 눈앞에 있는 것이 「수술실」 문이라는 것도 납득이 갔다.

하지만…… 그런 일이 가능할까?

그야 만날 수 있다면 만나서 이야기하고 싶다. 제대로 듣지 못했던 이야기도, 제대로 하지 못했던 이야기에 대해서도, 이 2년간 계속 후회하고 있었다.

　2년 전 「그 날」, 사실은 무슨 일이 있었던 건지, 왜 나만 두고 가버린 건지, 알고 싶어서 견딜 수가 없었다.

　한 번 더 만나서 이야기할 수 있다면…….

　"……열어."

　문 앞에 다다른 내가 그렇게 중얼거리자, 탁 하는 소리와 함께 전광판에 들어와 있던 붉은 빛이 사라졌다.

　그와 동시에 철제문이 소리도 없이 열렸다.

　가장 먼저 인식한 것은 냄새였다.

　병원 특유의 소독약 냄새가 막 열린 문의 틈새로 단숨에 흘러나왔다.

　뒤이어 눈에 들어온 것은 순백의 공간에 종횡무진으로 난립하고 있는 수많은 링거대였다.

　링거대에는 무색의 액체가 들어간 팩이 매달려 있고, 그곳에서 뻗어 나온 가느다란 관은 어딘가 한 곳을 향하듯이 안쪽으로 늘어져 있었다.

그것이 몇십, 몇백이나 늘어진 무수한 관의 모습은 마치 거미줄 같았다.

관의 종착점은…… 입구에서는 보이지 않았다. 하지만 계속해서 울리는 전자음도, 방향을 살펴보니 관의 종착점에서 들려오는 것 같았다.

망설이고 있어봤자 해결되는 건 없다.

나는 잠시 뜸을 들인 뒤, 그 공간으로 발을 내딛었다.

늘어선 링거대를 붙잡고 좌우로 밀어젖히듯이 치우면서 한 발 한 발 나아갔다.

나아가면 나아갈수록 짙어지는 소독약 냄새.

몇십 개나 되는 가느다란 관에 발이 걸리지 않도록 그 안을 나아가는 과정은, 마치 강철색(鋼鐵色)으로 된 정글을 탐색하는 것 같았다.

달그락달그락 요란한 소리를 내면서 한참을 나아가자, 드디어 무수한 관이 모인 종착점이 보이기 시작했다.

수술실 문을 지나왔는데도, 그곳에는 링거대 이외의 의료 기기도 없거니와 의사의 모습도 보이지 않았다.

있는 것은 순백의 공간과 동화된 듯한 하얀 시트로 둘러싸인 침대 한 개뿐이었다.

침대 위에서 별안간 시선이 마주친 그 사람의 예전과 다름없는 모습에, 나는 숨을 삼켰다.

어째서 당신은 이런 곳에 있는 거지?
그 뒤로 어떻게 지낸거야?
여기는 도대체 어디지?
당신이 나를 여기로 부른 거야?

⋯⋯이 정도로는 부족할 만큼 여러 가지 질문이 머릿속에 떠올랐지만, 내 입에서 반사적으로 튀어나온 말은 이렇게 평범하기 그지없었다.

"하루카 선배, 오랜만이에요."
"⋯⋯응, 정말 오랜만이네."

몸을 일으킨 코코노세 하루카 선배는 그 시절과 다름없는 부드러운 말투로 그렇게 대답했다.
⋯⋯말도 안 되는 일이 눈앞에서 벌어지고 있었다.
"저기, 저는⋯⋯ 그⋯⋯."

동요 때문에 말문이 막혔다. 그야 그럴 만도 하다. 실실거리며 말할 수 있는 이야기 같은 건 무엇 하나 없으니까.

그런 내 속마음을 눈치챘는지, 하루카 선배가 천천히 입을 열었다.

"오랜만이다 보니 조금 긴장되네. 이렇게 만나게 될 줄은 꿈에도 생각하지 못했으니까."

"서, 선배도요? 저도 그래요."

하루카 선배는 작게 「그렇지?」 하고 중얼거리더니, 살짝 침울해 보이는 얼굴로 시선을 떨궜다.

……너무 이르게 찾아온 침묵. 그러고 보니 얼마 만에 사람과 대화를 해보는 걸까.

얼마 전에 여동생과 대화할 기회가 있었던 듯한 기분도 들지만, 그 이외의 사람과 이야기를 나눈 기억은 머리 한구석에서 조차 보이지 않았다.

내가 이렇다. 캐치볼을 하듯이 능숙하게 대화를 주고받을 스킬 같은 게 있을 리 없었다.

"……저, 저기! 저! 이, 이야기하고 싶은 게 잔뜩 있어서! 이곳에 관한 이야기도, 무, 물어보고 싶은데요……!"

아니나 다를까 목소리 볼륨도 제대로 조절하지 못했다. 뭐, 메아리가 울리지 않아서 그나마 다행인가. 벽이 없는 곳이라 살았다.

하지만 하루카 선배는 나의 큰 목소리에 놀라는 대신에 조금 미안해하는 표정으로 고개를 숙였다.

"지금 태도를 보니 역시 기억 못하는 구나. 혹시 『모두』에 대한 것도 잊어버린 거야?"

역시? 모두? 기억이 없다. 어디의 어떤 사람들을 말하는 걸까.

"저기……. 전혀 생각이 안 나는데요, 죄송해요."

"그렇구나. 그럼…… 어디서부터 이야기해야 하나."

역시 하루카 선배는 뭔가 알고 있는 것 같았다. 그 정보를 당장에라도 들려줬으면 좋겠다…… 싶긴 하지만, 아무래도 이 사람을 재촉할 생각은 들지 않았다.

옛날부터 그랬다. 하루카 선배에게는 하루카 선배만의 페이스가 있다.

그리고 나는 그런 하루카 선배의 마이페이스적인 부분이, 그 시절부터 싫지 않았다.

"……저는, 계속해서 듣고 싶었어요. 선배의 이야기."

아, 안 되겠다, 말이 어눌해진다.

예전에 그 녀석들에게 「입이 험하다고」 그렇게나 혼났었는데, 대화는 물론이거니와 존댓말을 사용하는 것도 아직까지 무척 서툴렀다.

"고마워. 사실은 사과해야할 일도 있어서 말이지. 이야기가 조금 길어지겠지만……."

하루카 선배는 미안하다는 듯이 그렇게 말하더니, 조금 긴 옛이야기를 꺼내기 시작했다.

2년 전 여름, 그가 죽었던 그 시절과 똑같은 투명한 음색으로.

음력 10월의 봄 같은 날씨.

창가 자리에 앉은 나는 오른손으로 펜을 흔들면서 오후의 교정을 멍하니 바라보고 있었다.

희미했던 가을빛은 한층 더 깊어져서, 운동장을 둘러싼 활엽수 잎을 선명한 선홍색으로 물들이고 있었다.

1년 중 가장 다채로운 계절, 가을. 내가 가장 좋아하는 계절이다.

맑게 갠 푸른 하늘에는 함박눈을 흩뿌려놓은 듯한 비늘구름이 떠 있었다. 그 틈새로 쏟아지는 부드러운 햇살에 이미 여름의 흔적은 보이지 않았다.

……그러고 보니 올 여름도 어느새 끝나버렸구나.

해마다 의문스럽다고 생각하지만, 여름의 끝은 도대체 언제를 말하는 걸까.

「오봉[#1]이 지나면 여름은 끝」이라는 성급한 사람도 있는 반면 「8월이 끝나면」이라고 말하는 사람도 있다.
「여름방학이 끝나면 가을이 된다」라고 말하며 학교 일정에 따르는 사람도 있고 「선선해지면」이라고 애매하게 말하는 사람도 있다.
「매미소리가 그치면」 하고 풍류를 즐기는 사람도 있다.

이런 식으로 사람마다 여름의 끝을 다르게 생각한다는 것은 어쩌면, 사람마다 「여름」에 대한 정의를 다르게 내리고 있다는 것이 아닐까.
음, 생각해보니 그러네. 이제 와서 나라의 고위직에 있는 사람이 「몇 월 며칠 몇 시를 여름의 끝이라고 정하겠습니다」라고 말해도 지역에 따라 기후 차이도 있는데다가 문화 차이도 있으니까.
분명 아무도 납득하지 않을 테고 받아들이지 못하겠지. 응, 분명 나도 납득 못할 거고.

하지만 그렇다면 나에게 「여름」이란 도대체 뭘까. 생각해보면 올 여름 방학에도 그다지 밖에 나가지 못했고…… 뭔

#1 오봉 조상을 기리는 일본의 명절. 주로 8월 15일을 중심으로 치른다.

가 확 와 닿는 게 없는데.

음~ 내년 여름은 좀 더 놀거나 여기 저기 다녀보고 싶네. 그야말로 「친구」랑 바다로 놀러간다거나.

캠핑도 좋겠다. 벌레는 좀 싫지만, 다 함께 카레 같은 걸 만들어 먹으면 무척 맛있겠지.

실컷 놀고 잔뜩 만끽할 수 있다면…… 그럼 찾을 수 있을 까, 나의 「여름」을…….

내년인가……. 좀 먼데.

……안 되겠다, 그만 생각하자.

그래. 그런 것보다 지금 생각해야 될 게 있잖아.

시간도 벌써 세 시가 다 되어가고…….

어라, 벌써 세 시인가.

……어?! 벌써 세 시?! 어, 어떡하지! 6교시가 끝나버리겠 어! 아, 진행된 게 아무 것도 없잖아……! 어, 어쨌든 우선 진정한 다음에…….

"그래서 힘껏 날려버릴 보람이 있는 『적』의 이미지는 완성 됐어?"

"으……."

조용했던 과학실에 느닷없이 퉁명스러운 목소리가 울려 퍼졌다. 그것은 이미 「울렸다」고 말해도 상관이 없을 정도로 제법 큰 목소리였다.

쉬는 시간도 아닌데 이렇게 큰 목소리로 말해도 괜찮은 건가 싶다.

이런 생각을 하면서 교탁 쪽을 바라보니, 담임인 타테야마 선생님은 책상에 푹 엎드린 채 한창 「드르렁드르렁」 숨소리를 내면서 자고 있었다. 뭐, 그럴 거라 생각했지만.

하지만 그렇게 되면 교실에는 두 명의 학생밖에 없다는 말이 된다. 어떻게 봐도 야유의 대상은 나였다.

각오를 다지고 목소리가 들린 쪽을 바라보니, 검은 머리를 양 갈래로 묶은 소녀가 옆자리에 앉아 심술궂은 미소를 지으며 나를 보고 있었다.

눈꼬리가 치켜 올라간 눈에 좀 진하게 내려온 다크서클. 목에 건 헤드폰에서는 희미하게 록음악이 새어나왔다.

이 아이는 에노모토 타카네. 나의 유일한 클래스메이트다.

클래스메이트라고는 해도 그 내막은 좀 복잡하다.

본래 내가 소속된 반은 E반이고 타카네가 소속된 반은 B반이다. 원래대로라면 우리 두 사람이 같이 수업을 받는 일은 아마 없었을 것이다.

그럼에도 우리가 지금 이렇게 나란히 앉아 있는 것은, 우리는 각자 「병」을 앓고 있고 여기가 「특별 양호 학급」이기 때문이다.

타카네는 「어떤 순간에 갑자기 잠들어버린다」는 희귀병을 앓고 있는 모양으로, 그 때문에 이 반에 소속되어 있었다.

그렇지만 타카네는 좀처럼 그 이야기를 꺼내지 않았고, 내가 일부러 묻는 일도 없었기 때문에, 타카네의 병에 대해서 내가 아는 것은 그 정도밖에 없었다.

하지만 타카네의 이런 심술궂은 얼굴이라면 잘 알고 있다. 이 얼굴은 내 약점이나 여린 부분을 찾아냈을 때의 얼굴이다.

뭘 감추랴, 나도 지금 내가 무엇 때문에 약점을 잡혔는지 짐작 가는 부분이 있었다. 속으로 당황하고 있는 내 상태를 눈치챘는지, 타카네는 내 대답을 재촉했다.

"너, 적에 대한 이미지 정도는 오늘 안에 그리겠다고 했잖아. 어느 정도 진행됐어? 설마 아무 것도 그리지 않았다고는 말하지 않겠지?"

나는 타카네의 심술궂은 시선을 피하면서 손에 든 도화지를 바라보았다.

하지만 도화지에는 타카네가 말하는 『적』의 모습은커녕

펜을 댄 흔적조차 없었다.

당연하다. 뭔가를 그린 기억이 전혀 없으니까. 그림 같은 게 그려져 있다면 오히려 내가 놀랄 일이다.

"어음…… 뭐, 아직 진척된 게 별로 없다고 할까. 하하……."

나는 어물어물 그렇게 말하면서 도화지를 뒤집으려 했지만, 타카네 쪽이 한 발이 아니라 백 발 정도는 빨랐다.

타카네는 고개를 쭉 뻗어서 도화지를 한참 노려보는가 싶더니, 「흥」 하고 코웃음을 쳤다.

"흐응. 네가 말하는 『별로』라는 건 완전 새하얀 걸 뜻하는구나. 기억해둘게."

타카네는 그렇게 과장스럽게 말하더니, 의자에 다시 앉아 아무렇지 않은 듯 작게 하품을 하며 「아~ 바보 같아」 하고 내뱉었다.

타카네의 괴롭힘은 여전히 강렬하다는 말로밖에 설명이 되지 않았다. 원래부터 자신에 대한 자신감은 없었지만, 그런 것이 있었다고 해도 산산조각 났을 것이다.

하지만 타카네가 하는 욕설의 진수는 이런 게 아니다. 이 정도로 끝난다면 좋겠지만, 아무래도 그렇게는 안 되겠지.

아마 아직 할 말이 남아 있을 것이다. 아니, 절대로 하겠지. 타카네가 이럴 때 한 마디로 끝낸 적이 있던가? 아니, 없다.

각오를 다지며 기다리자 아니나 다를까 타카네가 심술궂은 질문을 던졌다.

"저기 말이야. 『축제에서 사격 게임 부스를 하고 싶어~』라고 말한 게 어디의 누구였더라?"

"내, 내가 그랬지……."

"그래 맞아. 그리고 축제까지는 앞으로 일주일밖에 남지 않았지. 여기까지는 알고 있어?"

"알고…… 있는데……."

"그럼 왜 손도 움직이지 않으면서 창밖이나 보고 있는 거야? 너 바보야?"

다시 쏟아지는 타카네의 비난은 역시 예리하기 그지없었다.

정말이지 「멍청이」나 「바보」 같은 말은 사람에게 쓸 만한 단어가 아니야. 여자아이니까 좀 더 조심하는 게 좋을 것 같은데.

그런 말투가 버릇이 되면 시집갈 때 큰일이라고.

……물론 그런 말을 꺼낼 수는 없었다. 그 대신 내 입에서는 작은 신음 소리가 흘러나왔다.

물론 신음소리 같은 걸로 용서해줄 타카네가 아니다.

"자, 하루카. 뭔가 할 말 없어?"

"……멍하니 있어서 죄송합니다."

처음으로 참가하는 학교 축제까지 앞으로 일주일. 우리는 조금 곤란한 상황에 처해있었다.

우리가 다니는 고등학교의 축제는 그럭저럭 역사도 길고, 이 근처 지역에서 나름 지명도도 있는 이벤트다.

학교 측도 해마다 꽤 기합을 넣고 있는 듯, 학교 축제 준비 기간 첫날에 「전교생 궐기」라는 거창한 이름의 집회가 열려서 조금 놀랐다.

듣건대 작년에는 유명한 록밴드의 라이브도 열려서 대성황이었다고 한다.

이렇게 말하는 타카네도 그 록밴드의 팬이었던 모양으로 작년에는 일반 손님으로 찾아왔다고 한다. 그것이 입학 동기가 되었는지 어떤지는 잘 모르겠지만…….

그런 축제 준비 기간도 이제 후반으로 접어들었다.

준비 기간 동안 각 반마다 4~6교시는 시간을 자유롭게 써도 좋다는 허락이 떨어졌기 때문에, 오후가 되면 이곳저곳에서 부스나 각종 기획 준비로 북적거렸다. 특히 학교 축제일이 일주일 앞으로 다가오자 수업도 거의 하지 않고 쉬는 시간까지 반납하면서 작업하는 반이 드물지 않았다.

하지만 그것은 「일반 교실」의 이야기다.
우리 반은 일반 교실과는 조금 사정이 다르기 때문에, 운동회나 학교 축제 등 각 행사 참가가 자율적으로 이루어진다.
물론 그것은 우리의 건강 상태를 고려한 규정이지만, 우리 반은 원래부터 마이페이스였다.
「적극적인 참가」 같은 생각을 할 리도 없고, 애초에 흥미도 없었던 타카네의 「나는 부스 같은 건 내고 싶지 않은데」라는 한마디로 축제 당일에 참가할 예정은 전혀 없었다.

그렇기에 당초 예정대로였다면 우리가 학교 축제 준비 문제로 골치를 앓을 일도 없었을 것이다.
있었다 해도 「당일은 어떤 부스부터 가볼까」라든가 「각 노점마다 몇인 분까지만 먹기로 하자」 같은 고민이었을 것이다.
적어도 어제 아침까지는, 갑작스럽게 참가하게 된 부스 제작 준비에 쫓기게 된다는 예정은 없었다.

"뭐, 너를 탓해봤자 소용없지만. 거의 저 선생님의 **적당주의**가 원인이고."
타카네는 기가 막히다는 듯이 그렇게 말하더니, 여전히 교탁에 푹 엎드려 있는 타테야마 선생님을 손가락으로 딱 가리켰다.

나는 「검지를 인지(人指)라고도 하지만, 그렇게까지 노골적으로 사람을 손가락질하는 건 실례가 아닐까?」라는 말이 머릿속에 떠올랐지만 쓴웃음으로 삼켰다.

타카네가 한 말은 대체로 지당하다고 생각한다.

우리가 갑자기 부스를 내게 된 이유는 타테야마 선생님의 대수롭지 않은 「아부」 때문이니까.

"정말이지, 왜 우리까지 선생님의 점수 따는 일에 어울려야 하는 거야? 이사장에게 잘 보이고 싶다고 『특별 기획을 준비하고 있어요~』라고 말하다니 허들을 너무 높이 올렸잖아! 그보다 애초에 아무런 준비도 안 했으면서 이상한 허세 부리지 말라고!"

타카네는 한바탕 외치더니 책상을 덜컥덜컥 흔들며 항의의 뜻을 표시했다.

나는 그녀를 달랠 겸 입을 열었다.

"나는 축제가 기대되는걸. 이렇게 작업하는 것도 역시 즐겁고."

내가 그렇게 말하자, 타카네는 뾰로통한 표정을 조금 누그러뜨리더니 「뭐…… 힘내야할 건 너희들이고」 하고 말하며 책상 위에 엎드렸다.

말은 그렇게 해도 다른 반은 이미 마무리 작업에 들어갔을 무렵이다. 솔직히 이런 시기에 부스를 준비하기 시작하다니 시간 부족 정도가 아니다.

그것만으로도 큰일인데 우리 반의 인원은 선생님을 포함해도 셋뿐이다.

일반적으로 생각하면 특별 기획은커녕 부스를 만들 수 있을지도 미묘하다고 생각한다.

하지만 「부스를 내는 이상 어중간하게는 하고 싶지 않아. 할 거면 최고로 재미있어야 해」라는 것이 타카네의 신조로 보였고, 그것은 나 역시 찬성하는 바였다. 나 역시 「물론이지」라고 말하기도 했다.

각 반마다 전력을 다해 완성한 부스 속에서 적당히 만든 부스로 참가하기엔 부끄러웠다. 한다면 최선을 다하고 싶다.

그렇지만…….

"그렇지만 말이야. 타카네……."

"뭔데."

"아니, 저기 말이지. 아무리 그래도 『일주일 만에 슈팅 게임을 만들자』라는 건 조금 무리가 아닐까 하고."

선생님이 올린 허들에 쓴소리를 했던 타카네의 「최고로 재미있는」이란 허들은 터무니없이 높았던 것이다.

아마 선생님이 조는 것도 어제 밤새 작업했기 때문이겠지.

그도 그렇게 그렇게라도 하지 않으면 제때 완성할 수 없었다.

여하튼 선생님은 슈팅 게임이 잘 돌아갈 수 있도록 일주일 안에 프로그램을 전부 짜야 하니까.

그것은 비전문가가 봐도 이만저만한 작업량이 아니었다. 아무리 선생님의 아부 때문이라고 해도 조금 불쌍해보였다.

하지만 타카네는 그런 선생님의 모습은 아랑곳하지 않았다.

"무슨 소릴 하는 거야? 물러나려고 해도 물러날 수 없게 된 건 선생님 때문이고, 사격 게임을 하고 싶다고 말한 건 너잖아? 너희가 목공 일은 못한다니까 그럼 게임을 만들 수밖에 없잖아."

타카네는 그렇게 말하더니 「이상한 녀석」이라고 말하는 것처럼 고개를 갸웃했다.

뭐…… 확실히 사격 부스를 하고 싶다고 말한 것은 나다. 게다가 우리에게는 대도구를 제작할 만한 기술도 없는데다가 일손도 부족하고 예산도 빠듯했다.

이런 상황 속에서 그림과 프로그램만 갖춰지면 제작할 수 있는 「게임」이라는 것은 확실히 안성맞춤이었다. 물론 「시간」이라는 큰 문제를 빼면 말이지만.

"자, 구차한 변명을 늘어놓을 시간이 있으면 손을 움직여! 시간이 없다고~."

타카네는 그렇게 말하더니 손뼉을 짝짝 치면서 나를 재촉했다. 나도 허둥지둥 펜을 다시 쥐었다. 그래, 이제 정말로 시간이 없다.

여하튼 나는 오늘의 할당량인 「게임에 등장하는 적 캐릭터 스무 마리」를 하나도 그리지 못했으니까.

오후 한 시부터 시작해서 벌써 두 시간이나 도화지에 매달렸는데 하나도 그리지 못해서는 오늘 중으로 스무 마리는 어림도 없다.

하지만…… 무리다, 아무리 해도 그릴 수가 없었다.

그림을 잘 그리지 못하는 것도 아니고, 오히려 풍경화는 곧잘 그려온 편이라고 생각한다.

단지 이런 캐릭터 창작이라고 할까, 「적」이라는 단어를 상상해서 그리는 작업이 되니, 아무리 해도 손이 나아가지 않는 것이었다.

내가 끙끙거리자 보다 못한 타카네가 어이없다는 듯이 조언을 해주었다.

"뭐야 너, 적 캐릭터가 한 마리도 떠오르지 않는 거야?"

"응. 난 이런 게임을 그다지 해보질 못해서 적이라는 게 어떤 모습을 하고 있는지 감이 오지 않아서."

내가 솔직하게 말하자, 타카네는 「하아」 하고 작게 한 숨을 쉰 뒤 검지를 딱 세웠다.

"알겠어? 적이란 건 말이지. 날려버렸을 때 속 시원할 만한 모습을 하고 있으면 어떤 녀석이라도 상관없어. 애초에 게임이란 건 스트레스를 해소하기 위한 거니까, 결국 캐릭터 디자인은 그런 요소가 가장 중요한 거지. 이해됐어?"

날려버린다니 꽤 위험한 이야기지만, 게임을 그다지 하지 않는 내가 듣기에도 타카네가 하는 말은 일리 있어 보였다.

타카네가 슈팅 게임을 엄청 잘한다고 선생님께 들었지만, 과연 이런 모습을 보니 믿음직스럽다.

그렇다고는 해도 슈팅 게임은 물론이고 뭔가를 날려버린 경험도 없는 나는 「속 시원한」이라고 말해도 어떤 모습일지 짐작이 가지 않았다.

"으음~. 예를 들면 그런 게임에서는 어떤 캐릭터가 나와?"

"예를 들면 말이지……. 슈팅 게임의 적 캐릭터로 유명한 건 역시 좀비이려나?"

좀비.

그 단어를 들은 나는 견디지 못하고 몸서리를 쳤다.

옛날에 TV에서 방영했던 재난 호러 영화. 그 영화는 정말 무서웠다.

무덤에서 기어 나오는 좀비 무리에게 속수무책으로 차례차례 습격당하는 마을 사람들…… 그리고…….

"미, 미안, 타카네, 미안한데 될 수 있으면 좀비는 제외하면 안 될까?"

"뭐어? 좀비가 딱이잖아. 왜, 좀비면 안 될 이유라도 있어?"

"안 된다고 할까 뭐라고 할까……. 봐봐, 조, 좀비라는 건 실제로 존재하는 게 아니잖아. 외관을 상상하기 어렵다고 할까."

내 고통스러워 보이는 말과 행동에 타카네는 의아한 표정을 지었지만, 이상하게도 그 이상 추궁하는 일 없었다. 그리고 별안간 「앗」 하는 얼굴을 하는가 싶더니 다시 검지를 세웠다.

"그럼 동물 같은 걸 모티브로 하는 건 어때? 게임에 나오는 이른바 『몬스터』는 동물의 일부를 참고해서 만드는 것 같으니까."

"동물을 모티브로 한 몬스터 말이지. ……응, 그거라면 그릴 수 있을지도."

몬스터라는 단어를 들은 나는, 주인공 소년이 캡슐에서 튀어나오는 몬스터들과 모험을 하는 국민적인 애니메이션을 떠올렸다.

작은 몬스터가 커다란 모습으로 변신하거나 합체해서 더욱 정교하게 변신하는 것을 좋아해서, 어린 시절에 한창 빠져 있었다.

그러고 보니 그 무렵에는 그 애니메이션에서 나오는 몬스터만 그렸던가. 맞아. 내가 직접 새로운 몬스터를 디자인하곤 했잖아.

……할 수 있어. 적 캐릭터를 그런 몬스터로 만들어도 괜찮다면 이미지가 마구 떠올라. 어쩌면 오늘 중으로 스무 마리를 그리는 것도 꿈이 아닐지도 몰라.

"몬스터 말이지……. 고마워 타카네, 어떻게든 될 것 같아!"

내가 승리의 포즈를 취하자, 타카네는 만족스러운 듯이 콧소리를 냈다.

"잘 부탁할게~. 실전 중에 버그 같은 게 일어나면 용서하지 않을 테니까."

우리가 준비하고 있는 부스 기획 내용은 「대전 형식의 슈팅 게임」이다.

클리어 조건은 일정 포인트를 획득하는 것이 아니라, 대전 상대인 타카네보다 높은 포인트를 얻는 것이다.

애초에 이런 규칙을 정하게 된 것은 선생님이 학교 축제용 예산을 사사로이 써버린 탓으로, 준비할 수 있는 경품이 「물고기 표본 하나」뿐이기 때문이었다.

경품이 하나뿐인 이상 한 명이라도 클리어 하는 사람이 나오면, 우리는 그 자리에서 부스를 접어야만 했다.

만약 첫 번째 손님이 느닷없이 클리어 하는 날에는 우리의 학교 축제는 몹시 우울하게 끝나겠지.

학교 축제의 종반까지 경품을 내줄 수 없다. 그렇다고 해서 클리어 포인트를 너무 높게 설정하면 손님들 사이에서 나올 불만이 두렵다.

그래서 타카네가 제안한 것이 「대전 형식」이다.

타카네가 말하길 「귀여운 여자애가 상대라면, 지더라도 불평은 못하겠지」라는 모양이다. 확실히 여자아이와 싸워서 진다면 불평하기는 힘들겠지.

그렇다고 하더라도 지게 되면 거기까지지만, 타카네는 자신의 게임 실력에 상당히 자신이 있는 듯, 자신이 봐주지 않는 이상 절대로 질 리가 없다고 말했다.

그런 이유로 현재 「불안한 부분은 한없이 많지만 할 수밖에 없다」는 것이 솔직한 심정이었다.

일주일 후의 학교 축제까지 슈팅 게임을 만든다. 준비 기간도 없거니와 일손도 부족하다.

어쩐지 터무니없는 느낌도 들지만, 이 기분은 뭘까.

……엄청 두근거린다.

"아무튼 최고의 부스를 만들자, 타카네."

"당연하지. 그것 말고는 생각할 수 없어."

타카네는 그렇게 말하더니 씩 웃었다. 나도 자연스럽게 입꼬리가 올라갔다.

"……아, 맞다."

타카네는 그렇게 말하더니 뭔가 떠오른 듯이 주먹으로 손바닥을 툭 쳤다. 나는 고개를 갸웃했다.

"결국 타이틀은 어떻게 할 거야? 너 어제 생각해오겠다고 했잖아."

아, 맞다. 말하는 걸 깜빡했다.

나는 가방에서 파일을 꺼낸 다음, 그 안에 넣어두었던 한 장의 도화지를 타카네에게 건넸다.

"응? 이 종이는 뭐야…… 아, 타이틀 로고! 제대로 만들어왔구나! 으음~ 어디 보자……."

어젯밤에 필사적으로 생각한 타이틀이었지만, 생각해보니 소리 내어 말하는 것은 타카네가 처음이었다.

실제로 소리 내어 말하면 어떤 느낌일까. 살짝 기대되었다.

아직까지도 멈추지 않고 흘러나오는 록 음악 속에서, 타카네는 확인하듯이 그 이름을 말했다.

『……헤드폰 액터』

                    *

  정적에 녹아들어있던 초침 소리에 문득 정신이 들었다.
  시계를 보니 새벽 한 시가 다 되어가고 있었다. 깜빡 졸았
던 모양이다.
  의자 등받이에 기대어 팔을 위로 뻗자, 입학할 때 새로
마련했던 의자가 끼익 하고 삐걱거렸다. 그러고 보니 요전에
키를 재보니 또 자랐었지. 정말, 더 이상 자라지 않아도 되
는데 왜 멋대로 커버리는 걸까. 키가 커봤자 눈에 띄는데다
가 여기저기 부딪치기만 해서 좋은 일 하나 없는데…….

  등받이에 기댔던 몸을 다시 일으켜 세우고 침침해진 눈
을 문질렀다.
  스탠드 불이 비추는 탁상에는 책장에 꽂혀있던 동물도감
과 지우개 가루가 여기저기 흩어진 도화지가 있었다.
  도화지의 중심에는 조금 전에 완성된 열아홉 번째 적 캐
릭터인 「냥타로스」의 모습이 있었다.

"……괜찮은걸. 응, 잘 만들어졌어."

정말 과연 타카네라고 말해야 할까.

그렇게나 골머리를 썩이던 캐릭터 디자인이, 동물을 모티브로 삼자마자 놀라울 정도로 순조롭게 진행되고 있었다.

모든 캐릭터에 모티브가 된 동물의 특징이 적절하게 반영되었다고 생각한다. 어떤 아이든 굉장히 생기가 넘치는 것처럼 보이는 것은, 내가 부모 같은 심정으로 보고 있어서 그런 걸까.

중간부터는 너무 즐거워서 손을 멈출 수 없을 정도로 충실하게 작업할 수 있었다. 이런 식으로 열중해서 그림을 그린 게 얼마만일까. 정말 기분이 좋다.

"이제 한 마리만 더 그리면 목표로 했던 스무 마리를 다채우는 건가. 지금 이 진행 속도를 들으면 타카네도 분명 놀라겠지~."

그 아이는 그렇게 보여도 잘 놀라는 아이니까, 분명 좋은 반응을 보여줄 것이다. 타카네가 놀라는 모습을 상상한 것만으로도, 나는 어쩐지 입꼬리가 올라갔다.

지금까지 칭찬받은 적은 한 번도 없었지만, 어쩌면 이 그림을 본다면 조금은 다시 봐줄지도…….

그렇게 생각하자, 이런 늦은 시간인데도 갑자기 의욕이

솟아나기 시작했다. 좋아, 기합을 넣고 마지막 한 마리를 그리도록 하자.

나는 위풍당당하게 동물도감을 잡고 페이지를 넘겼다.

"……어라, 이상하네."

펼쳐진 페이지에 실려 있던 동물은 소였다. 소는 조금 전 「모균#2」을 그렸을 때 참고했기 때문에 모티브로 사용할 수는 없었다.

어딘가에서 넘길 순서를 착각한 걸까.

일단 한 페이지를 더 넘겨봤지만, 그곳에 있던 곰의 모습은 「곰고릴라」를 그렸을 때 참고했기 때문에, 이 역시 모티브로 삼을 수는 없었다.

……잠깐 기다려.

좋지 않은 예감이 든 나는 허둥지둥 놓여 있던 도감을 잡고 목차 페이지를 펼쳤다.

그곳에 나열되어 있는 동물 이름을 위에서부터 순서대로 확인했다. 개, 매, 돼지, 거북……. 아아! 역시 그렇구나!

"나, 여기에 나오는 동물들을 전부 모티브로 사용했구나……."

#2 모균 일본어의 소가 우는 소리 '모(もう)'와 소를 뜻하는 '규(ぎゅう)'를 이용해 만든 이름.

어리석었다. 아직 마지막 한 마리를 완성하지 못했는데, 벌써 모든 동물을 모티브로 사용해버렸다니……

어떡하지? 「오늘 할당량은 적 캐릭터 스무 마리!」하고 호언장담해버린 이상, 다 그리지 못한다면 폼이 나지 않는다.

게다가 마지막 남은 한 마리는 「라스트 보스」였다. 지금까지 만든 캐릭터 중에서 강한 캐릭터가 될 예정이기 때문에 당연히 디자인도 지금까지와는 달라야 했다.

아아, 이렇게 될 줄 알았다면 우쭐해진 마음에 몇 종류나 되는 동물들을 섞어서 그리지 않았을 텐데. 「곰고릴라」라니 그게 뭐야. 곰인지 고릴라인지 확실히 하라고.

이런 지리멸렬한 생각을 하고 있는데, 돌연 방 안에서 수신음이 울려 퍼졌다.

허둥지둥 소리가 나는 쪽을 바라보니, 침대의 가운데 부근에서 핸드폰이 반짝반짝 빛나고 있는 것이 보였다.

나는 핸드폰을 쥐고 번호도 확인하지 않은 채 귀에 바싹 가져다 댔다.

"네, 여보세요."

"오오, 역시 일어나 있었구나. 이야, 밤늦게 미안하다."

핸드폰에서 들려온 목소리의 주인은 타테야마 선생님이었다. 목소리에서 당황하는 기색은 보이지 않았지만, 아주 살짝 어색한 느낌이 들었다.

나는 침대 위에 걸터앉아 다리를 조금 뻗으며 편한 자세를 취했다.

"저는 괜찮으니까 개의치 않으셔도 되는데…… 무슨 일이세요?"

"응? 아, 아니, 학교 축제에 대한 일로 조금 말이다."

역시 타테야마 선생님의 말투에는 약간 떨떠름한 기색이 묻어나왔다. 학교 축제와 관련된 이야기인가……. 무슨 일일까.

타테야마 선생님은 내가 재촉하기 전에 먼저 본론을 꺼냈다.

"타카네한테 들었는데, 너 어제도 밤늦게까지 작업했다면서. 그…… 뭐라고 해야 하나. 오늘도 무리하는 거 아닌가 싶어서 말이지."

아, 과연 그런 거구나.

납득한 나는 즐거운 말투로 대답했다.

"무리하는 거 아니에요. 오히려 즐거워서 몸이 멋대로 움직일 정도인걸요."

실제로 거짓말이 아니다. 오늘 작업은 그야말로 「손이 멋대로 움직였다」라고 말해도 좋을 정도로 순조로웠다.

단지 선생님이 말하는 것은 「그런 게」 아니라는 것도, 나는 왠지 모르게 알고 있었지만.

아니나 다를까 선생님은 말을 꺼내기 몹시 거북한 듯이 이야기를 계속했다.

"말은 그렇게 해도 컨디션이 무너지면 아무것도 안 된다? 축제 당일을 즐기기 위해서라도 쉬어야 할 때는 충분하게 쉬지 않으면……."

"……그만하세요, 선생님."

나는 거칠게 선생님의 말을 잘랐다. 말이 잘린 선생님은 다음 말 대신에 작게 한숨을 쉬었다.

잠시 침묵이 흐르자, 방 안에 울려 퍼지는 초침 소리가 몹시 크게 들리기 시작했다.

째깍째깍 규칙적으로 시간을 새기는 초침의 리듬을 「무섭다」고 느끼게 된 것은 언제부터였을까.

그래, 초라고 하니 예전에 한 번 계산을 해보았다.

분명 이제 삼천만 초도 남지 않았을 것이다. 그렇게 표시하면 의외로 시간이 많이 남았구나 싶지만, 시간이라고 하는 것은 직접 지내보지 않으면 그 길이를 알 수 없다는 게 신기하다.

아, 이런 시간에 계속 뜸을 들이고 있는 것도 죄송하다. 나는 선생님께 전하고 싶은 말을 간단하고 분명하게 말하기로 했다.

"……쉬든 뭘 하든, 저는 앞으로 1년밖에 못 살아요."

내 병은 매우 성실하고 정직한 녀석이었다.

내 어머니가 돌아가셨을 때도 의사 선생님이 진단했던 기한에 딱 맞춰 돌아가셨다는 모양이다.

그 의사 선생님이 「앞으로 1년」이라고 말했으니 나도 뭐, 그렇게 되리라 생각한다.

지금으로서는 그것에 대해 한탄하거나 슬퍼하지는 않았다. 그것은 아마 아버지 덕분이다.

아버지는 조금 별난 사람이었다.

아버지는 어딘가의 연구 시설에서 근무했던 모양이다. 옛날부터 거짓말이나 농담 같은 쓸데없는 짓은 무엇 하나 하지 않는 사람이었지만, 내가 열 살이 되었을 무렵 얼굴색 하나 바꾸지 않고 「너는 아마 6년 후에 죽을 거다」 라고 단언했을 때는 정말 놀랐다.

지금도 일단은 둘이 함께 살고 있지만 일이 바쁜 아버지의 얼굴은 거의 보지 못했다.

그래서 내 통원이나 식사는 가정부가 보살펴주고 있었다.

나는 지금 그런 아버지밖에 모르지만, 들리는 이야기에

따르면 어머니가 돌아가신 무렵부터 아버지가 「이상」해졌다는 모양이다.

 확실히 그런 「여러 가지」를 생각하면 많이 외로운 인생이었던 것 같다. 혼자 있는 시간도 많았고 아직까지 할 수 없는 일도 많다.
 한 번도 본 적 없는 아주머니가 눈앞에서 「불쌍해라」 하고 운 적도 있으니까 아마 다른 사람이 보기에도 그렇겠지.

 하지만 나는 내 인생을 그렇게 나쁘게 생각하지 않았다.

 특히 최근에는 학교에 가는 즐거움도 늘어났고 하고 싶은 일도 생겼다.
 세상에는 「남은 인생이~」 하고 말한 시점에서 교통사고로 죽는 사람도 있다. 수명이라는 것은 거의 없는 것이나 마찬가지라고 생각한다.
 단지…… 「앞으로 1년」이라는 것만은 어쩔 수 없는 모양이었다. 요컨대 이번 학교 축제가 필연적으로 내 마지막 학교 축제가 되는 것이다.
 부스도 열지 않기로 결정되었다면 굳이 손을 들어 하겠다고 나설 일도 없었겠지만, 모처럼 부스를 내볼 기회가 생긴 것이다.

"그러니까 선생님, 저는 이번 학교 축제에서 제대로 노력해보고 싶어요."

내 말을 듣고 선생님은 난처한 듯 신음했다. 「어쩔 수 없구만. 좋아, 힘내라」 하고 간단하게 말할 수는 없겠지.

그렇겠지. 내가 선생님의 입장이었다면 똑같이 고민하리라 생각한다. 이런 말투로 민폐를 끼쳐서 죄송해요, 선생님.

하지만 선생님은 함부로 「참아라」 하고 야단치지도 않았다. 나는 선생님이 그렇게 말하지 않는 이유가 어쩐지 짐작이 갔다.

"……선생님, 이사장님에게 허세를 부렸다는 이야기 말이에요. 그거 거짓말이죠?"

내 말에 선생님은 아무 말도 하지 않았다. 대답이 없어서 나는 그대로 이야기를 이어나갔다.

"그렇게라도 말하지 않으면 타카네는 할 생각이 없었을 거고, 타카네가 하려고 하지 않았다면 제가 사양할 테니까…… 그래서 일부러 이런 상황을 만들어주신 거죠?"

사실은 전에 한 번 이사장님과 타테야마 선생님이 복도에서 이야기 나누는 모습을 본 적이 있었다. 그때 분위기는 뭐라고 할까…… 조금 험악했던 것이다.

우리 고등학교의 이사장은 결과를 우선하는 사람인 듯, 그때도 「진학률」이나 「어필」이라는 단어가 자주 나왔었다.

그때 이사장의 이야기를 일방적으로 듣고 있던 타테야마 선생님은 마음에 들지 않았던지, 대들 듯이 두세 마디 내뱉은 다음 부리나케 걸어가 버렸던 것이다.

나는 그런 타테야마 선생님이 이사장님에게 굽실굽실 머리를 숙이는 모습을 상상하기 어려웠다.

타카네는 이따금 나쁘게 말하지만, 타테야마 선생님은 우리를 제대로 생각해주는 매우 좋은 선생님이다.

내가 이 고등학교에 진학할 수 있었던 것도 아버지의 오랜 지인이었던 타테야마 선생님이 돌봐주셨던 덕분이고, 고민거리를 상담할 수 있는 어른도 이러니저러니 해도 타테야마 선생님뿐이었다.

사실이야 어찌되었건, 내 생각에는 아무래도 선생님이 「타카네와 내가 함께 참여할 수 있는 학교 축제」를 일부러 만들어 준 것 같았다.

"게임을 만드는 것도 돈이 들죠. 그것도 애초에 있던 예산으로는 턱없을 정도의 금액일 거예요. 선생님이야말로 무리해서 자금을 대고 계시는 거 아니에요?"

내가 그렇게 말하자, 선생님은 크게 웃었다.

"나는 네가 말하는 정도로 제대로 된 사람이 아니야. 그리고 이사장님에게 허세를 부린 것도 사실이고. 우리 반을 너무 우습게보기에, 그만 말이 먼저 튀어나와버려서 말이지."

"아하하. 그거 왠지 상상이 되네요. 하지만 선생님이 그런 식으로 말씀하셨다는 건……."

내가 기대를 담아 그렇게 말하자, 단념했다는 듯이 선생님은 그 단어를 입에 담았다.

"당연하지. 자신의 제자에게 기대하지 않는 교사 같은 건 없어. ……뭐, 울든 웃든 앞으로 일주일 남았으니까. 좋아, 하루카. 그럼 힘내볼까!"

"……넵, 힘낼게요!"

「힘낸다」는 것은 좋은 말이다. 「살아있다」라는 것과 굉장히 가까운 단어로 생각되었다.

남은 1년 동안 할 수 있는 일이라는 건 솔직히 뻔할지도 모른다. 분명 세계 여행도 가지 못할 테고, 나이를 봤을 때 결혼도 할 수 없다.

하지만 지금의 나는 「힘낼 수 있는 뭔가가 있다」는 쪽이 다른 어떤 것보다도 훨씬 감사했다.

"……어이쿠. 그렇다고는 해도 벌써 한 시인가. 너 이제 오늘은 그만 잘 거냐?"

"음, 그러네요. 어제도 밤늦게까지 자지 못했으니까, 꽤 졸리기도 하고요……."

그렇게 말했을 때, 나는 퍼뜩 떠올렸다.

그래, 스무 번째 캐릭터의 모티브. 그걸 어떻게 할지 결국 생각하지 못했잖아.

핸드폰을 귀에 댄 채 일어서서 책상 쪽을 보았다. 그렇다고는 해도 동물도감은 이제 참고할 수 없고, 모티브라는 게 그렇게 간단히…….

"……앗!"

순간적으로 뭔가가 떠오른 나는, 무심코 소리를 질렀다. 선생님은 놀란 기색으로 나에게 물었다.

"우왓, 갑자기 조용해졌다 싶더니 이번에는 또 뭐야. 무슨 일 있냐?"

그래. 선생님이라면 가지고 있을지도 모른다. 아니, 분명 가지고 있을 것이다. 일 때문에.

하지만 어떨까. 역시 꾸짖으시려나.

……일단 물어보는 수밖에.

"저, 선생님. 잠시 괜찮을까요?"

"오, 무슨 일인데?"

"……혹시 타카네의 사진 갖고 계세요?"

← ──────────────

　단풍으로 물든 산책길을 걷기 시작한 지 그럭저럭 10분은 지났을까. 한 발 내딛을 때마다 구두창으로 느껴지는 낙엽의 감촉이 기분 좋았다.

　조금 큰 캐리어 가방을 끌고 있지만, 날씨가 좋아서 기분도 컨디션도 더할 나위 없이 좋았다.

　날씨가 좋은 휴일이라지만, 이 주변에는 눈에 띄는 레저 시설도 없어서 오가는 사람도 그리 많지 않았다. 조용한 주택가라서 그런지 스쳐 지나가는 사람들도 「마담」이라는 호칭이 어울릴 법한 사람뿐이었다.

　그런 단아한 분들과 인사를 나누며 다가오는 유모차를 유유히 피하면서, 나는 곧장 타테야마 선생님 댁으로 향하고 있었다.

　오늘부터 축제까지 남은 엿새 동안, 나는 타테야마 선생님 댁에서 합숙하며 작업을 하게 되었던 것이다.

이유는 간단한데, 게임에 필요한 그림 스캔, 채색, 기타 편집에 필요한 컴퓨터 기자재가 선생님 댁에 있기 때문이었다.

선생님은 옛날에 「동인 게임」이라는 것을 만들었던 흔적이라고 말했지만, 개인이 갖추기엔 상당한 금액이 들기에 선생님께 빌리기로 한 것이다.

하지만 빌린다고는 해도 가지고 올 수 있을 정도로 작은 크기도 아니거니와, 가져와달라고 하는 것도 역시 죄송했다.

그저께 밤에 타카네의 사진을 빌리러 가고 싶다는 이야기에서 흐르고 흘러 그런 이야기로 이어져서, 「매일 오갈 정도라면 차라리」라는 느낌으로, 한동안 선생님 댁에 신세지게 되었다.

"음, 우체국에서 오른쪽으로……."

선생님한테 들은 대로 작은 우체국을 돌자, 조금 전까지 가로수 잎으로 가려져 있던 햇살이 일제히 쏟아져 내렸다.

가을이라고는 하지만 조금만 긴장을 늦추면 눈 깜짝할 사이에 피부가 햇볕에 탈 것 같았다. 뭐, 바라 마지않던 일이다. 햇볕에 그을린 피부를 동경했지만 그럴 기회도 좀처럼 없었으니까.

바퀴 소리를 드르륵 내면서 조금 걸어가자, 미리 표지(標識)로 들었던 공원이 보이기 시작했다.

낮은 담 위로 공원 안을 들여다보니, 모래밭과 미끄럼틀, 그네 등 친숙한 놀이 기구 속에서 버팀목이 고릴라 모양인 철봉을 발견했다.

무심코 머릿속에 「곰고릴라」의 사랑스러운 모습이 떠올랐다. 그러고 보니 학교 축제가 끝나면 게임에 등장한 적 캐릭터들은 어떻게 될까.

그렇게나 애정을 담아 그렸다. 그 후 아무도 보지 못하고 잊혀져버리는 것은 조금 불쌍했다. 아, 그렇지. 직접 캔 배지라도 만들까. 응, 그러자.

고릴라 철봉에게 이별을 고한 뒤, 보도 쪽으로 몸을 돌렸다. 선생님께 들은 안내대로라면 선생님 댁은 이 공원 근처에 있을 터였다.

통행인이 많으면 서서 둘러봤겠지만, 적었기 때문에 발걸음을 옮기며 주변을 둘러보았다.

건물 외관은 말로 들었을 뿐이었지만, 찾아보니 과연 하고 한눈에 알 수 있었다.

"붉은 벽돌집은…… 응. 여기밖에 없네."

문에 걸린 문패를 확인하니, 「타테야마」라는 글자가 보였다. 나는 망설임 없이 현관 초인종 버튼을 눌렀다.

전자음이 띵동 하고 울렸다. 다른 사람의 집을 방문한 적이 별로 없기 때문에, 이 순간이 조금 거북했다. 얌전히 있으면 될 텐데, 안절부절 어쩔 줄을 몰라 이상하게 움직였다.

하지만 10초, 20초, 30초 동안 기다려도 집에서 누군가가 나올 기색은 보이지 않았다.

이상하네. 그저께 밤에 전화로 「나는 회의 때문에 조금 늦을 테니까 집에 있을 딸에게 마중 나가도록 전해두마」 하고 선생님이 말했던 것 같은데.

실례라고 생각하면서도 문 밖에서 집의 창문을 바라보았다. 커튼이 드리워져있다면 별개지만 열려 있다면 안의 모습을 들여다볼 수 있을 것이다.

뭐, 이렇게 좋은 날씨에 밖에서 집 안을 봐도 어두워서 아무 것도 보이지 않겠지만…….

내 위치에서 보이는 창문은 2층에 세 개, 1층에…….

……누군가가 있다.

1층을 봤을 때 가장 오른쪽에 있는 창문에서 긴 머리의 소녀 같은 그림자가 나를 가만히 바라보고 있었다.

언제부터 보고 있었을까. 분명 내 모습을 봤을 텐데, 꼼짝도 하지 않았다.

"우, 우와아아앗!"
그림자의 존재를 깨달은 나는 마치 호러 영화의 한 장면이라도 본 것처럼 비명을 지르다가 그 기세에 엉덩방아를 찧었다.

엉덩이에 통증이 느껴지는 것과 동시에, 혼돈에 빠진 머리가 여러 가지 생각을 하기 시작했다.

저 아이는 누구지? 선생님의 따님? 그렇다면 왜 초인종이 울렸는데도 나오지 않았지? 이상하지 않아?!

아니, 그래도 따님이잖아. 제대로 인사해야지. 게다가 집 앞에 주저앉아 있으면 민폐기도 하고 일단 일어나서…….

"어라?! 사라졌어!"
내가 창문에서 눈을 뗀 것은 엉덩방아를 찧은 그 순간뿐이었다. 그야말로 1초도 되지 않는 짧은 시간이다.

그런데도 창가에 서 있던 소녀의 실루엣은 홀연히 자취를 감추었다.

조금 전의 박력 넘치던 놀라움과는 다른, 「오싹」한 감각이 가슴속으로 퍼져 나갔다.

그 순간, 주머니가 부붓 하고 진동했다.

"우와아아아아앗!"

마침 주위에 예민한 상태였기 때문에 나는 재차 비명을 질러버렸다. 목소리가 조금 전보다 컸을지도 모른다. 곧바로 진동의 정체가 핸드폰이라는 걸 깨닫고 견딜 수 없이 부끄러워졌다. 아 진짜 이웃 여러분, 시끄럽게 굴어서 정말 죄송합니다.

핸드폰을 확인하자, 문자 한 통이 와 있었다. 보낸 사람은 타테야마 선생님이었다.

내가 잘 도착했는지 걱정하신 걸까. 여하튼 마침 잘 됐다. 집에 도착했지만 아무도 나오지 않는다고 전해야지…….

나는 그런 생각을 하면서 문자를 열어봤지만, 그 내용을 읽고 어안이 벙벙해졌다.

문자에는 본문도 없이 제목 부분에 「딸한테 문자가 왔다. 도착한 모양이구나. 방은 2층에 있다. 문은 열려 있으니까 마음대로 들어와도 괜찮다」라고 적혀 있었다.

뭘까, 태클을 걸 부분이 잔뜩 있는 것 같지만 일단 하나만—.

……따님은 내가 온 걸 알고 있으면서 어째서 문을 열어

주지 않는 걸까?

"……혹시 나를 싫어하나?"

만난 적도 없는데 설마 그럴 리, 가.

딱히 누구에게 말하는 것도 아닌 불평을 하면서, 나는 캐리어 가방을 잡았다.

한 번 더 창문 쪽을 바라봤지만, 창가에 인기척은 없었다. 뭐, 상황을 통해 살펴보건대 조금 전의 그림자는 따님이었다고 생각하는 것이 자연스럽겠지.

솔직히 맞아 주는 사람도 없이 남의 집에 들어가는 것은 그다지 내키지 않지만, 그렇게 해도 괜찮다는 말을 들었으니 그 호의를 받아들이기로 하자.

나는 덜그럭 소리를 내면서 현관문까지 걸어간 후, 심호흡을 한 번 한 다음에 문을 열었다.

"안녕하세요, 타테야마 선생님의 제자인 코코노세예요. 으음…… 시, 실례하겠습니다~."

혼자서 연극을 하듯이 인사를 한 다음 현관에 들어섰다. 밖에 있던 탓인지 집 안이 몹시 어둡게 느껴졌다.

깨끗하게 청소된 복도가 바로 정면을 향해 뻗어 있었다. 중간의 벽에는 「w.c.」라고 적힌 문 하나와 2층으로 이어지는 계단이 있었다. 계단 앞쪽에는 플레이트가 달린 아이 방으로 보이는 문이 하나. 막다른 곳의 문 너머는 거실이려나. 문에 끼워진 모자이크 유리 너머로 밝은 실내가 보였다.

현관에서 조금 기다려봤지만, 누군가가 나올 낌새는 없다. 분명 선생님이 보낸 문자에 방은 2층이라고 적혀 있었다. 우선 그곳으로 가는 편이 좋을 것 같다.

신발을 벗고 캐리어 가방을 영차 하고 들어 올린 다음, 집 안으로 발을 내딛었다.

들어온 다음에 깨달았지만, 이 집은 굉장히 깨끗했다.

선생님이 「정돈」이나 「청결」에 신경 쓰지 않는다는 것은, 과학실의 어질러진 모습을 보면 일목요연했다. 이 깔끔함은 아내 분이나 따님이 애쓰신 게 틀림없다.

그렇지 않다면 솔직히 과학실 정돈에도 좀 더 신경 써줬으면 싶다.

나는 계단 앞쪽의 플레이트가 걸린 문 앞까지 걸어갔다가 잠시 발을 멈췄다.

역시 플레이트에는 「아이 방」이라고 적혀 있었다. 예상이 딱 맞아떨어져서 조금 놀랐다.

조금 전에 나를 놀라게 했던 「예의 창문」은 구조상 틀림없이 이 방의 창문일 것이다. 그렇다는 것은 역시 나를 보고 있던 사람은 선생님의 따님이었겠지.

　일단 말이라도 걸어볼까 생각해봤지만, 뭔가 사정이 있을 것 같아서 그만두기로 했다.
　계단을 통해 2층으로 올라갔다. 2층 복도의 벽에는 세련되게 장식된 큰 창문이 있어서 1층보다도 확 트여보였다.

　잠시 둘러보니, 여러 개의 문 중에서 가장 안쪽에 있는 문 하나가 열려 있는 것이 보였다. 캐리어 가방의 무게로 손이 저리기 시작했기 때문에 일단 거기까지 걸어갔다.
　그리고 다다른 그 방의 모습에, 나는 무심코 넋을 잃고 바라보았다.

　"괴, 굉장해……."
　그곳은 서재였다.
　다다미 열세 장 정도 되는 넓이의 방에는, 문을 제외한 모든 벽이 책장처럼 되어 있었고 책이 빈틈없이 꽂혀 있었다.
　시판되는 국어사전 같은 것에서부터 마물이 튀어나올 것 같은 두꺼운 외국 서적, 또는 끈으로 묶었을 뿐인 종이 다발까지 종류도 다양했다. 바닥에서 천장으로 이어지는 한 면에, 벽지처럼 나란히 늘어선 책등은 실로 압권이었다.

나는 가방의 바퀴로 바닥을 더럽히지 않도록 캐리어 가방을 옆으로 눕혀두고, 끌리는 대로 서재 안에 발을 내디뎠다.

한 발 내딛자 바로 와 닿는 잉크 냄새. 왠지 마법의 나라에라도 흘러 들어온 듯한 감각에 가슴이 뛰었다.

이렇게나 많은 책이, 이렇게 빽빽하게 꽂혀 있는 모습을 보는 것은 태어나서 처음이었다.

하지만 아무래도 이 방은 선생님의 분위기와 다른 것처럼 느껴졌다. 선생님은 좀 더 잔뜩 어질러진 쪽을 선호하는 타입일 것이다.

그렇다면 아내 분의 방일까. 책이 이렇게나 많은데. 어쩌면 어떤 학문을 연구하는 것일지도 모른다.

그렇다고 하더라도 선생님은 가족 이야기를 그다지 하지 않으셔서, 아내 분이 하시는 일에 관한 이야기를 들은 기억도 없었다.

선생님의 아내분인가. 어떤 분일까.

그런 생각을 하면서 서 있는데, 형형색색으로 넘쳐흐르던 서재가 갑자기 어둠에 휩싸였다.

놀란 내가 「어?」 하고 소리를 낸 것과 동시에, 철컥하는 단단한 소리가 방 안에 울렸다.

순간 무슨 일이 일어난 것인지 이해하지 못했지만, 상황을 이해하는데 많은 시간이 걸리지 않았다.

문이 닫힌 뒤 자물쇠가 잠긴 것이다.

"……가, 갇힌 거야?!"

창문 하나 없는 서재는 문을 닫은 것만으로도 간단히 암흑의 세계로 변모했다.

정말 순식간에 어두워지는 바람에, 나는 어쩔 수 없이 손으로 바닥을 탁탁 더듬으면서 바닥에 납죽 엎드렸다.

창문이 없으니 적어도 바람 때문에 문이 닫힐 일은 없었다.

더구나 자물쇠까지 잠긴 것이다. 모습을 보지는 못했지만, 아무리 생각해도 사람의 소행인 게 틀림없었다.

납죽 엎드린 나는 아무튼 주변을 둘러보았다. 하다못해 문이 있는 곳 정도는 확인하지 않으면 아무 것도 할 수 없었다.

잠시 두리번거리며 둘러보니, 매우 희미하긴 했지만 문의 틈새로 새어나오는 빛이 보였다.

하지만 광원이 너무 작아서 거리가 얼마나 되는지 전혀 알 수 없었다. 힘차게 나아가다가 문에 부딪히면 곤란하기 때문에, 나는 조금씩 광원과의 거리를 좁혀나갔다.

"누, 누구 없나요……!"

사람을 부르려고 소리를 질렀지만, 아무래도 큰 목소리가 나오지 않았다.

이것은 옛날부터 그랬지만, 나는 큰 소리를 지르거나 구호를 외치는 것에 매우 서툴렀다.

어떻게든 문에 도착해서 몇 번인가 쾅쾅 두드렸지만, 아무 반응도 돌아오지 않았다.

문을 등진 채 한숨과 함께 털썩 주저앉았다.

도대체 누가 어떤 이유로 이런 짓을……. 그렇게 생각하는 척을 해봤지만, 지금으로서 짐작 가는 사람은 한 명뿐이었다.

선생님의 따님인가.

무슨 이유에서인지, 나는 선생님의 따님에게 미움을 받고 있는 모양이다. 직접 나와서 맞아주지 않는 것은 상관없지만, 방에 가두는 것은 조금 곤란하다.

애초에 미움 받는 「이유」를 모르겠다. 만난 적도 없는데 미움 받다니, 반대로 만난 적이 없는 사람을 미워하는 것도 상당히 어려울 것 같은데…….

한동안 몸부림치며 괴로워하고 있을 때, 문 밖에서 발소리가 들려왔다.

인기척에 나는 펄쩍 뛰어올랐다.

누굴까. 가능하면 아내 분이었으면 좋겠는데. 우선 이 문을 열어달라고 하지 않으면!

"저, 저기! 실례합니다! 이 문 좀 열어주실래요? 수상한 사람이 아니에요, 부탁드립니다!"

내가 소리를 지르자, 걸어가던 발소리가 딱 멈췄다. 그리고 방향을 바꾼 것처럼 이 「서재」 쪽으로 다가왔다. 아무래도 열어줄 모양이다.

하지만 상대가 따님이라면 가둬놓고 일부러 다시 열어주러 온다는 것도 이상한 이야기다.

그렇다는 건 아내 분이려나? 선생님께서 돌아오신 것 같지도 않으니까…….

그 순간 조금 전 들었던 철컥 하는 소리가 울려서, 나는 문에서 휙 물러났다. 바로 문이 열리더니, 그곳에는 잠옷 차림의 소녀 한 명이 서 있었다.

자다 일어났는지 눈은 멍했고, 중간 정도 오는 길이의 검은 머리카락은 여기저기 뻗어 있었다. 나이는 우리와 별 차이가 없어 보이는데, 이 여자아이가 선생님의 따님인 걸까?

"시끄럽다니까! 왜 그렇게 소란을 피우는 거야! 그보다 엄마 방에 들어가면 안 된다고 아빠가……."

소녀는 처음에는 말투도 거칠고 야단치는 느낌이었지만, 내 모습을 보더니 말을 멈추고 고개를 갸웃했다.

"어라, 슈……야……?"
"슈, 슈야……라니 무슨 말씀이신지?"

몹시 서슬 퍼런 기세에 두려워하면서 내가 물어보자, 소녀는 「어어」 하고 중얼거리더니 굳어버렸다.

이 사람이 선생님의 따님……? 아니, 상황으로 봤을 때 틀림없이 그렇겠지만, 아무래도 조금 전에 봤던 「창가의 소녀」와는 인상이 조금 다른 것 같다.

그때 그림자만 언뜻 보긴 했지만, 머리카락의 길이도 얼굴 생김새도 조금 다른 느낌이었다.

게다가 이 아이…….

"저기, 자다 일어나셨⋯⋯나요?"

내가 그렇게 말하자, 소녀는 얼굴을 새빨갛게 물들이고 「저, 저기⋯⋯ 아하하⋯⋯」 하고 말하는가 싶더니 쏜살같이 달려 나갔다.

"어어?! 자, 잠깐, 왜 그러세요?!"

내가 말리는 목소리도 듣지 못한 채, 소녀는 굉장한 기세로 계단을 달려 내려갔다.

쫓아가기 위해 나도 방에서 뛰쳐나왔지만, 아래층에서 들려온 소년의 비명소리에 무심코 발을 멈췄다.

소년의 비명? 선생님에게는 아드님도 있는 걸까? 상황을 전혀 파악할 수 없었다. 따님과 창가의 소녀와 비명을 지른 소년⋯⋯ 이 집은 어떻게 되어 있는 거지?

당황하고 있을 때, 조금 전의 소녀가 어깻숨을 하아하아 몰아쉬며 계단을 올라왔다.

조금 전에 들렸던 소년의 비명을 생각해보면 상당히 무섭다.

소녀는 가쁜 숨을 몰아쉬며 어색한 미소로 말을 꺼냈다.

"오래 기다리셨죠. 코코노세 씨 맞으시죠? 아빠한테 이야기 들었어요. 죄송해요, 알람시계를 조금 건드린 모양이라⋯⋯. 동생들이 무척 실례를 범했네요. 단단히 주의를 주었으니까⋯⋯."

알람시계를 건드려? 동생들? ……점점 더 무슨 상황인지 모르겠다.

물어보고 싶은 것은 산처럼 많지만, 하여간 좀 진정한 다음에 묻는 편이 좋을 것 같다.

지금은 우선 하나만 묻기로 하자. 이런 때에야 말로 순서라는 것이 중요하니까.

나는 다시 시작하는 의미를 담아서 작게 헛기침을 했다.

"음, 코코노세 하루카입니다. ……이름이?"

소녀는 잠시 멍하니 있더니, 이번에는 진심에서 우러나오는 듯한 미소를 지으며 이렇게 대답했다.

"저는 아야노…… 『타테야마 아야노』예요."

←

2층에 있는 방은 오후의 햇살 덕분에 따뜻했다.

아야노가 말하길 「원래 안내할 예정이었다」는 객실로 들어선 나는 따뜻한 홍차를 대접받았다.

목제 테이블 중앙에 놓인 과자 접시에는, 봉투로 하나하나 포장된 쿠키가 정성스럽게 늘어놓아져 있었다.

개별 포장된 과자는 상당한 고급품이었다. 대용량 봉지에 담긴 스낵 과자를 먹는 감각으로 덥석덥석 먹으면 안 되는……. 이것은 내 안에서 정해진 규칙이었지만, 이 쿠키가 또 각별하게 맛있었던 것이다. 손을 멈추려고 했지만 그만둘 수도 멈출 수도 없었다. 뭔가 이야기라도 하지 않으면 눈 깜짝할 사이에 다 먹어버릴 것 같았기 때문에, 나는 자연스럽게 말이 많아졌다.

"우와, 깜짝 놀랐어. 설마 선생님께 아이가 넷이나 있었다니……. 그래서 조금 전에 자물쇠를 잠그고 간 아이가, 으음『슈야』라는 거지?"

"네…… 맞아요. 아, 정말 뭐라고 사과를 드리면 좋을지……."

나와 마주보고 앉은 아야노는 그렇게 말하더니 미안한 듯이 고개를 숙였다.

확실히 방에 갇혔을 때는 놀랐지만, 딱히 어딘가를 다친 것도 아니라 화를 낼 생각은 조금도 들지 않았다. 그보다 내가 이제까지 살아오면서「화를 낸 적」이 있었던가? 아니, 없었다고 생각한다.

"아하하, 괜찮아, 괜찮아. 오히려 조금 서바이벌 게임 같은 느낌이라고 해야 하나? 방에 갇혔던 게 처음이라 가슴이 두근거릴 정도였어~."

"네? 서바……? 아, 아하하……!"

어색한 느낌의 대화가 이어졌다. 서재에서 탈출한 지 그럭저럭 30분이 지나려고 했다.

잠옷을 갈아입은 아야노는 하얀 원피스에 베이지 색 카디건을 걸친 모습이었다.

이렇게 보니 아야노의 외모는 선생님과 그다지 닮지 않았다. 머릿결도 검은자위가 많은 눈도 오뚝한 콧날도 어머니한테 물려받았구나~ 하고 나는 멋대로 상상한 다음, 멋대로 납득했다.

"그렇다 치더라도 미안해. 학교 축제를 준비한다고 하면서 갑자기 신세지게 돼서."

"아, 신경 쓰지 마세요! 아빠가 제자를 부르는 일은 좀처럼 없어서 왠지 기뻐요. 그래도 뭐, 조금 소란스러운 집이라, 그……."

아야노는 거기까지 말하고 시선을 이리저리 굴리나 싶더니, 거북한 듯이 「다소 위험하기도 하지만요」라고 덧붙였다.

남의 집에 신세를 진다는 경험 자체가 적은 나지만, 설마 느닷없이 「위험하기도 하지만」이라는 단어를 듣게 되다니.

위험이라는 건 역시 동생들의 「장난」을 말하는 걸까. 뭐, 「서재」에서 일어났던 일도 있으니 그렇게 생각하는 게 맞겠지.

조금 전의 모습을 보건대, 아야노도 상당히 고생하는 모양이지만, 동생들은 이른바 「한창 장난칠 나이」인 걸까. 형제가 없는 나는 조금 흥미가 생겼다.

"저기, 동생들에게도 인사하면 안 될까? 오늘부터 며칠 동안 신세를 지게 될 테니 자기소개 정도는 하고 싶은데……."

"네?! 아, 인사요?! 안 돼요! 으음……."

내 제안에 아야노는 조금 이상할 정도로 동요하기 시작했다. 아무리 봐도 이것은 달가워하는 느낌이 아니다.

인사 정도는 괜찮을 거라 생각했지만, 혹시 동생들과 나를 만나게 하고 싶지 않은 사정이라도 있는 걸까.

음~ 신경 쓰인다. ……그렇다고 하더라도 남의 가정사다. 깊이 파고들 수도 없는 노릇이다.

첫날부터 서먹한 분위기를 만드는 건 불러주신 선생님께도 죄송스러운 일이니까, 여기서는 화제를 바꾸도록 하자.

"아, 뭐, 무리라면 안 해도 괜찮으니까! 아 그렇지, 선물을 가져왔거든! 굉장히 맛있는 거니까 괜찮으면 동생들이랑 같이 먹어~."

나는 옆으로 눕혀 놨던 캐리어 가방을 열고 오는 도중에 구입한 바움쿠헨 상자를 꺼냈다.

오면서 나도 하나 먹었지만, 맛이 정말 일품이었다. 분명 아야노도 마음에 들어 하겠지.

"네?! 이거 유명한 가게의 케이크잖아요…… 그런, 이런 건 받을 수 없어요!"

"아니아니아니. 오히려 숙박료라고 말하기도 미안할 정도야. 자, 받아줘."

나는 반쯤 억지로 떠맡기듯이 바움쿠헨을 건넸다.

아야노는 미안한 듯이 그것을 받아들더니, 바로 그 다음에 뭔가가 떠오른 듯이 「앗」 하고 소리를 냈다.

"그렇지. 답례라고 하기에는 뭣하지만……. 저기 점심은 드셨어요? 저 지금부터 점심을 준비할 건데 괜찮으시면 뭔가 만들어드릴까요?"

그러고 보니 마침 점심때다. 아야노가 손수 만든 요리인가……. 조금 신경이 쓰였다.

하지만 사실은 「부디!」 하고 쌍수를 들며 반기고 싶은 심정을 꾹 참았다. 실은 오는 길에 카레라이스를 먹어버렸던 것이다.

먹은 지 아직 한 시간 반도 지나지 않았다. 다음 식사를 하기에는 역시 너무 일렀다.

대답을 하지 않는다고 해서 달라지는 것은 없기 때문에, 나는 하는 수 없이 단념하고 사양하기 위해 입을 열었다.

"……실은 오는 길에 밥을 먹었어. 그러니까 신경 쓰지 않아도 괜찮—"

그 순간, 내 말을 자르듯이 「꾸르륵~」 하고 무정한 소리가 울렸다. 당연히 내 배 속에서 울리는 소리였다.

허둥지둥 얼버무리려고 「음, 으음~?」 하고 뭔지 잘 알 수 없는 소리를 냈지만 때는 이미 늦었다.

아니나 다를까 확실하게 들은 듯, 아야노는 내 배 주변을 가만히 응시하더니 말했다.

"저기, 사양하지 않으셔도 괜찮아요. 저 그렇게 많이 못 먹거든요."

아! 이건 너무 부끄럽다. 왜 하필이면 「밥을 먹고 왔다」라는 말을 한 직후에 울리는 거야. 내 배꼽시계는.

이래서는 마치 내가 먹고 또 먹어도 배가 고픈 사람 같잖아! 아니, 실제로 약간 허기지긴 하지만……

……실은 꽤 배가 고픈 상태지만. 아, 어쩌지. 이왕 이렇게 된 거 얻어먹기로 할까.

아니! 아니아니아니, 안 된다. 아무리 그래도 이렇게 짧은 시간 안에 계속해서 몇 끼나 먹는 게 용납될 리가……

"그, 그럼 호의를 받아들이기로 할까. 에헤."

오늘만. 오늘만 이러기로 하자.

오후부터 시작할 작업도 어중간하게 배가 고픈 상태에서는 효율이 떨어질 테니까.

아야노는 머릿속에서 필사적으로 자기 합리화를 하고 있는 내 모습이 재미있었는지, 쿡 하고 웃더니 「넉넉하게 만들게요」라고 말했다.

아야노는 정말로 좋은 아이다. 그에 비하면 나는 어쩜 이렇게 절조가 없는지……

멋쩍어진 나는 달아오르는 얼굴을 숙이며 겨우 「고마워」

라고 대답했다.

"그럼 저는 준비하러 갈 테니, 그 전에 설명만……"

아야노는 그렇게 말하면서 방의 한 구석을 가리켰다.

그곳에는 접이식 간이 테이블을 시작으로, 약간 구식 컴퓨터와 스캐너, 태블릿 같은 것이 높여 있었다.

"저쪽에 있는 게 전부인 것 같아요. 죄송해요, 아빠가 준비하고 가셨는데 제가 이런 기자재에 어두워서……. 사용법은 아세요?"

딱 봤을 때 사용하기 어려울 정도로 복잡해 보이는 기자재는 없는 것 같았다. 뭐, 모르는 게 있어도 핸드폰이 있으니까 인터넷으로 찾아보면 바로 나오겠지.

"응, 괜찮아. 일단 어떻게든 해볼게."

내가 그렇게 말하자, 아야노는 안심한 듯이 고개를 끄덕인 뒤 바움쿠헨을 들고 일어났다.

"그럼 식사 준비가 되면 가져올 테니 잘 부탁드릴게요. 아참, 그리고……."

아야노는 방에서 나가기 전에, 살짝 목소리를 낮추며 이런 말을 했다.

"동생들 말인데요. 그…… 좀 사정이 있는 아이들이거든요. 그래서 직접 인사하거나 이야기를 나누기는 어려울 거라 생각해요."

갑작스러운 이야기에 나는 동요했다.

"어? 아, 응. 그건 전혀 문제되지 않는데, 으음, 사정이라는 건…… 병이 있다든가?"

"아, 아니오. 병은 아니에요. 단지 좀 평범한 사람과는 다른 부분이 있어서……."

내 위치에서는 표정을 읽을 수 없었지만 목소리에서 느껴지는 분위기로 봤을 때, 아야노는 조금 긴장하고 있는 것처럼 보였다.

아야노는 말을 고르면서 계속해서 말했다.

"그래서 집 안에서 동생들과 만났을 때…… 혹시 『조금 이상한 일』이 일어나도 신경 쓰지 않으셨으면 좋겠어요."

완곡한 표현에, 나는 고개를 갸웃했다.

『조금 이상한 일』이란 뭘까. 그리고 그것을 「신경 쓰지 마라」라고 해도…… 솔직히 딱 와 닿지 않는다.

하지만 이렇게 에둘러서 표현한다는 것은, 분명 깊이 파고들지 말았으면 하는 부분이라는 것이겠지.

누구에게나 말하고 싶지 않는 것 한두 개쯤은…… 그런 것은 나한테도 있다. 우선 반쯤 흥미 삼아 꼬치꼬치 캐묻는 것은 그만두자.

"……응, 알았어. 신경 쓰지 않도록 할 테니까 걱정하지 마."

이번에는 내가 있는 위치에서도 아야노가 안도의 표정을

지었다는 것을 확인할 수 있었다.

"저, 정말요? 다행이다……. 아, 갑자기 이상한 소리를 해서 죄송해요. 식사 준비가 다 되면 가져올게요."

아야노는 그렇게 말한 다음 내 쪽으로 돌아서서 한 번 꾸벅 하고 고개를 숙이더니, 다시 발길을 돌려 방을 나갔다.

경쾌하게 탁탁 계단을 내려가는 발소리는 점점 작아지더니, 이윽고 들리지 않게 되었다.

『조금 이상한 일』인가……. 저 표현은 역시 조금 신경 쓰이는데.

동생들에게 어떤 사정이 있다 하더라도, 곤란한 일이라면 또 모를까 이상한 일 같은 게 일어날까.

이상한 일이란 말이지……. 어떡하지. 정말 만난 순간 느닷없이 사라지거나 떠오르거나 변신 같은 걸 한다면…….

"……설마."

나는 자신의 안이한 상상에 살짝 웃어버렸다.

그렇게 혼자 남은 것을 실감한 나는, 긴장했던 몸을 풀고 잠시 숨을 돌렸다.

말을 하는 동안에는 그다지 실감나지 않았지만, 이런 느낌으로 누군가와 단둘이 있는 것은 역시 긴장되었다.

그렇다. 생각해보면 일대일로 편하게 이야기할 수 있는 내 또래의 아이는 한 명밖에 생각나지 않았다.

털썩 드러누워 천장을 올려다보았다. 나는 가만히 눈을 감고 「그 아이」를 떠올리기 시작했다.

검은 머리카락, 화가 난 듯한 눈매, 작은 입술, 너무 말랐다 싶을 정도로 가느다란 몸, 작달막한 키, 불만스러워 보이는 태도, 늘 하는 악담, 이따금 보여주는 미소…….

……신기하다.

잠시 눈을 감았을 뿐인데, 그 아이에 대한 것이라면 이렇게도 선명하게 떠올릴 수가 있었다.

아, 난 바보구나. 굳이 선생님께 사진을 빌릴 필요도 없었잖아. 그저 눈을 감기만 하면 그 어떤 사진보다도 생생하게 그 아이를 떠올릴 수 있으니까.

그런 생각이 들자, 나는 왠지 그 아이의 이름을 몹시 부르고 싶어졌다.

……아무도 없으니까 작게 말하면 괜찮겠지. 나는 숨을 들이쉰 뒤, 그 아이의 모습을 떠올리며 그 이름을 입에 담았…….

똑똑똑.

"……타, 우와아아앗! 네?! 네! 무슨 일이신가요?"

별안간 울려 퍼진 노크 소리에 허를 찔린 나는, 당황해서 벌떡 일어났다. 드러누운 상태에서 기묘한 자세로 일어나는 바람에 등에 둔탁한 통증이 일었다.

우와, 깜짝 놀랐네. 하마터면 부끄러운 경험을 할 뻔 했다. 무릎을 꿇고 앉은 나는, 당황하면서 노크를 한 주인공이 나타나길 기다렸다.

아야노려나? 아니, 하지만 식사 준비가 다 되기엔 너무 이른 게…….

"실례합니다."

그렇게 말한 다음 불쑥 들어온 것은 예상대로 아야노였다. 하지만 식기를 들고 오지 않은 것으로 보아, 역시 식사를 가져온 것은 아니었다.

아야노는 방에 들어오자마자 거침없이 척척 걸어오더니, 탁자를 사이에 두고 내 맞은편에 앉았다. 기분 탓일까, 조금 전과 비교하면 상당히 부드러운 표정으로 보이는데.

"왜, 왜 그래? 무슨 일 있었어?"

내가 물어보자, 아야노는 고개를 가로저었다.

"아니요, 별일 아니에요. 그, 잠시 이야기를 나누고 싶어서."

"어, 그야 상관없는데……."

점심 준비는? 나는 그렇게 물어보려고 했지만, 재촉하는 것처럼 들릴까봐 이대로 이야기를 듣기로 했다.

"할 이야기라니, 상담 같은 거야?"

"네. 상담이라고 할까, 단도직입적으로 물어보고 싶은 게 있는데요……."

아야노는 거기까지 말한 뒤, 내 눈을 가만히 응시했다. 어쩐지 마치 「다음 질문, 거짓말은 통하지 않아요」라고 말하는 듯한 기분이 들었다.

아야노의 찌를 듯한 시선에 그런 의지를 감지한 나는, 어떤 질문이 나오더라도 똑바로 대답할 수 있도록 자세를 딱취했다.

점심 준비를 중단하면서까지 묻고 싶은 것인가. 어떤 질문일까.

내가 자세를 취하자, 아야노는 갑자기 수상쩍은 표정을 지으면서 터무니없는 질문을 던졌다.

"……저기, 조금 전에 음흉한 생각하고 계셨죠?"

방어하고 있던 곳과 전혀 다른 부분에 보디블로가 「훅」하고 들어온 듯한 감각이었다. 심장이 여기에 있다! 그렇게 주장하듯이 격렬하게 뛰었다.

"으, 으, 으, 음흉한 생각이라니 아야노, 갑자기 무슨 말을 하는 거야?!"

화, 확실히…… 잠시 「그 아이」를 떠올리긴 했지만, 그래도 음흉한 생각 같은 건 당치도 않다! 생트집이야!!

……여기까지 생각한 다음, 나는 조금 냉정해졌다.

초능력자도 아닐 텐데 아야노가 내 마음을 들여다볼 수 있을 리 없다. 「조금 전」이라는 것은 노크하기 전. 요컨대 우리 두 사람이 잡담을 나눴을 때를 말하는 게 아닐까…….

"뭘 당황하시는 건가요? ……수상해요! 역시 조금 전에 이야기를 나눌 때, 저를 음흉한 눈으로 보고 있었던 거죠?!"

아야노는 그렇게 말하더니 나를 날카롭게 노려보았다. 역시 그때를 말하는 거구나. 뭐야, 이상한 형태로 내 마음이 들킨 게 아닐까 하고 가슴이 두근거렸잖아. 우와, 다행이다, 다행…….

……아니 괜찮지 않아! 음흉한 눈으로 봤다니? 내가 아야노를?! 그럴 의도는 전혀 없었는데!

역시 가만히 듣고 있을 수만은 없어서, 나도 반박하기로 했다.

"그, 그건 오해야! 그보다 아야노, 갑자기 무슨 일이야? 내가 그런 식으로 생각될 만한 뭔가를 했어?!"

"뭔가를 하고 자시고 그런 게 문제가 아니에요! 남자는 결국 모두 늑대라고요! 그렇잖아요?!"

아니, 이 아이는 무슨 말을 하는 거지?

아야노는 반쯤 지리멸렬한 말을 하면서 갑자기 강경한 태도로 나를 공격했다.

아, 이 아이는 도대체 왜 이러는 걸까. 조금 전까지는 그렇게나 어른스럽고 좋은 아이였는데, 이래서는 다중 인격이나 마찬가지잖아.

그보다 나는 어떻게 하면 좋을까. 부정해도 믿어줄 것 같지도 않고…….

이제 됐어, 어디 가만히 들어보자.

"으음……. 그, 그럼 말이야, 내가 어떻게 하면 용서해주겠어?"

"어떻게 하면……?"

아야노는 내 말을 듣고 입을 꾹 다물더니, 잠시 생각한 다음에 입을 열었다.

"그럼 저를 두 번 다시 음흉한 눈으로 보지 않겠다고 약속해주세요. 그러면 용서해드릴게요."

"아니, 그러니까 그런 눈으로 보지 않았다니까……."

"확실하게 약속해주세요!"

아야노가 탁자를 쾅 하고 내리쳤다.

아아! 정말 이렇게 되면 자포자기다! 나는 눈을 감고 목소리를 쥐어짜냈다.

"윽~! 두, 두 번 다시 음흉한 눈으로 보지 않겠습니다! 약속합니다!"

……아아, 나는 무슨 말을 하고 있는 걸까.

"응응. 약속한 거예요?"

아야노는 그렇게 말하고 씩 웃었다. 조금 전처럼 협박 받은 뒤에, 저 미소에서 사랑스러움을 느끼기란 역시 어렵다.

한바탕 날뛰어서 만족했는지, 아야노는 일어나서 「그럼 이만. 실례했습니다」라고 말하고 콧노래를 부르며 방을 나갔다.

뭐라고 할까 「실례했습니다」라는 말에 「정말 실례였다」고 느낀 것은 태어나서 처음이었던 것 같다.

문이 탁 닫히자 방은 아주 조용해졌고 다시 나 홀로 남았다.

방금 무슨 일이 일어났던 거지? 너무 충격적이었던 터라, 나는 한동안 그대로 멍하니 있었다.

아야노…… 단아하고 좋은 아이라고 생각했는데, 설마 저런 일면을 가지고 있을 줄이야.

저 모습은 정말 예사롭지 않은데. 아야노, 뭔가 엄청난 스트레스라도 받고 있는 걸까. 그러고 보니 동생들에 대한 것도 엄청 신경 쓰고 있는 모양이었고, 어쩌면 그런 게 원인으로…….

조금 전에 보았던 아야노의 기행에 대해 이것저것 생각하면서 멍하니 벽을 바라보고 있을 때, 다시 노크 소리가 들렸다.

"으악……!"

재차 허를 찔린 나는 견디지 못하고 펄쩍 뛰어올랐다. 하루에 두 번이나 노크 소리에 놀라 펄쩍 뛰어오르다니 정말 오늘은 무슨 날일까.

아아, 또 아야노일까. 그래, 아야노인 게 틀림없어……!

"실례합니다."

아야노였다.

"저기, 무슨 일 있었나요?"

아야노는 딱딱한 얼굴로 굳어 있는 내 모습을 보더니, 어리둥절한 표정을 지으며 고개를 작게 갸웃했다.

"아니, 딱히 아무 것도 아니야. 하하."

나는 어떻게든 얼버무리려 했지만, 자연스럽게 웃을 수가 없었다.

그보다 무슨 일이 있었냐니. 조금 전에 **그런 일**이 있었는데, 미소를 지으며 맞이할 수 있을 리가 없잖아.

"그렇……군요. 저기, 점심 식사 준비가 늦어져서 죄송해요. 냉장고에 재료가 별로 없어서 잠시 사러 나갔다 오느라……."

아야노는 그렇게 말하더니, 발밑에 놓여 있던 쟁반을 들고 능숙하게 탁자로 가져왔다.

쟁반이 놓인 순간, 솟아오르는 김에 섞여서 「쿠즈앙#3」 향기가 훅 하고 코를 자극했다.

"중국식 돼지고기 덮밥이에요. 음, 입맛에 맞으셨으면 좋겠네요."

"응, 걱정 마. 틀림없이 내 입맛에도 맞을 거야!"

조금 전까지 경직되어 있던 얼굴 근육이 자연스럽게 풀어지면서, 만면에 미소를 만들어냈다.

식어버리면 아깝다. 두말없이 젓가락을 쥔 나는 두 손을 모으며 말했다.

"잘 먹겠습니……."

……잠깐 기다려. 뭔가 이상한데.

문득 위화감을 느낀 나는 말을 멈췄다. 아야노가 걱정스러운 듯이 내 얼굴을 들여다보았다.

"하루카 오빠, 왜 그러세요? 저기, 혹시 중국식 덮밥은 별로 안 좋아하세요?"

"아, 그게 아니라. 저기……."

위화감의 정체는 분명했다. 아무 말 없이 있는 것도 기분 나쁘겠다 싶어서, 나는 직접 물어보기로 했다.

#3 쿠즈앙 간장이나 설탕으로 간을 한 국물에다가 갈분을 물에 푼 것을 더해 끓인 양념장.

"아야노, 조금 전에 『재료를 사러 나갔다 왔다』고 말했지?"

아야노는 질문의 의도를 파악하지 못했는지, 이상하다는 듯한 표정으로 「그렇게 말했죠」 하고 대답했다.

역시 그랬다. 하지만 그렇다면 조금 이상한 점이 있다.

사실이라면 아야노에게 「음흉한 눈으로 보고 있었죠!」 같은 말을 할 시간이 없었을 것이다.

재료를 사러 갔다 와서 요리를 만들고 내 방에서 날뛴다…… 과연 그렇게 짧은 시간 안에 이 모든 일을 간단하게 소화할 수 있을까?

"아, 그렇지……. 여기, 영수증도 있어요."

아야노는 카디건 주머니에서 영수증을 꺼내 나에게 건네주었다.

영수증에는 해물과 야채, 그리고 저녁 식사용인지 다진 고기, 카레 가루와 같은 식자료의 이름이 빼곡하게 적혀 있었다.

그리고 인쇄되어 있는 계산 시간은 아야노가 처음 이 방을 나간 시간에 비추어 생각해보아도 딱 적당한 시간이었던 것이다.

다시 탁자 위로 시선을 떨궜다.

이 중국식 덮밥…… 아무리 봐도 인스턴트가 아니다. 재료의 크기도 제각각이고, 무엇보다 호박이 들어가 있다.

요컨대 직접 만든 요리인 것이다. 더구나 이렇게나 들어간 재료가 많으니 시간도 꽤 걸렸을 것이다. 미리 만들어두었을 가능성도 있지만, 조금 전의 영수증을 보아하니 그것도 아닌 것 같다. 하지만 아야노가 조금 전 이 방에서 난동을 부렸던 것도 틀림없는 사실이다.

생각하면 생각할수록 정말 이상한 상황이었다.

하지만 이상하다라……. 그렇게 생각하니 딱 하나 물어보고 싶은 것이 있었다.

뭐, 있을 수 없는 이야기라고 생각하지만.

"저기, 아야노. 하나 더 물어봐도 괜찮을까?"

아야노는 조금 곤란한 모습이었지만, 미소 띤 얼굴을 유지하며 고개를 끄덕였다.

"저기 말이야, 아야노한테…… 혹시 쌍둥이 자매가 있어?"

나는 쓴웃음을 지으며 그렇게 물어보았다. 역시 바보 같은 질문을 했다는 자각이 있었기 때문이었다. 그리고 질문의 의미를 파악하기 위해서인지, 아야노는 살짝 경직되어 있었다.

그야 그렇겠지. 느닷없이 「쌍둥이 자매가 있어?」라는 질문을 들으면 나도 그렇게 될 것이다.

하지만 아야노는 바로 그 다음에 중대한 뭔가를 깨달았는지 「네?!」 하고 소리를 지르더니 눈을 크게 떴다.

"그, 그 말은 저기, 혹시 제가 요리하고 있는 동안에 누군가가 왔다는 말인가요? 뭐라고 하던가요?"

아야노는 조금 전에 「음흉한 눈으로~」라고 말하던 때와는 전혀 다른 분위기의 압박감으로 나를 추궁했다. 정말로 초조해하고 있는 것 같았다.

예상하지 못한 추궁에 나는 잠시 멈칫했지만, 물어본 대로 조금 전에 있었던 일을 그대로 전하기로 했다.

「음흉한 눈으로 보고 있었다」고 엉뚱한 오해를 받았던 것. 두 번 다시 그런 짓을 하지 않겠다고 약속하게 만든 것. 그리고 마지막으로 그 당사자는 기분 좋게 방을 나갔다는 것.

설명하는 도중에 아야노의 얼굴이 순식간에 붉어지는 모습을 보고, 어쩐지 나쁜 짓을 하고 있는 기분이 들었다.

내가 이야기를 마치자, 아야노는 아무 말 없이 일어나서 문 쪽으로 다가갔다. 아마도 무엇인가의 「뒤처리」를 하러 가는 것이겠지.

나는 일단 한마디 건네기로 했다.

"아, 너무 혼내지는 마."

내 말에 아야노는 「참을 수 있으면요」 하고 조용히 답한 뒤, 방을 나갔다.

우와, 그나저나 깜짝 놀랐네.

아야노가 말했던 「조금 이상한 일」의 정체가 설마 쌍둥이 여동생이었을 줄은…….

응, 어쩐지 개운치 않았던 게 풀린 기분이 들어. 역시 아야노는 좋은 아이였다.

……그럼.

나는 식어버린 중국식 덮밥 앞에서 다시 두 손을 모았다.

"잘 먹겠습니다!"

그렇게 말하는 것과 동시에 아래층에서 비명 소리가 들렸다. 아무래도 아야노는 참을 수 없었던 모양이다.

나는 조금 된밥을 먹으면서, 소년의 목소리처럼 들리는 비명 소리에 고개를 갸웃했다.

"우와, 정말 운이 좋네."

좀 있으면 초목도 잠들 새벽 한 시.

근처 편의점에서 돌아온 나는, 현관에 들어와서 비닐 봉투를 부랴부랴 열며 환히 웃었다.

봉투 안에는 음료수나 간단한 먹을거리와 함께 조금 작은 푸딩 두 개가 들어 있었다. 「조금 작은」이라고 하면 어딘가 부족한 것처럼 들리지만, 편의점 푸딩의 「조금 작은」은 고급품이라는 증거다. 그런 푸딩이 하나라면 몰라도 둘이나 있는 것은 어째서인가.

……그렇다. 놀라지 마시라, 무려 두 번째 푸딩은 제비뽑기에 당첨되어 상품으로 받은 것이다.

우와, 정말 운이 좋다. 이제까지 뽑기 운에는 자신이 없었지만, 어쩌면 나는 굉장한 힘을 가지고 있었는지도 모른다. 잘했어, 나.

그렇다 치더라도 천 엔 좀 넘게 썼는데 이렇게 좋은 것을 상품으로 받다니 상당히 호사스럽다.

요즘 편의점은 이렇게 경영해도 괜찮을까. 나는 조금 걱정되었지만, 받은 것을 굳이 돌려줄 이유도 없어서 일단 「잘 먹겠습니다」라고만 중얼거렸다.

학교 축제까지 앞으로 이틀. 게임 제작 합숙도 드디어 종반으로 접어들었다.

그렇다고는 해도 「곰고릴라」를 비롯해 각종 캐릭터 채색 작업은 거의 끝났기 때문에, 남아 있는 내 작업은 약간의 배경 작업 정도였다.

종반이라는 단어는 연속으로 밤샘 작업을 한 선생님에게 해당되는 말이었다. 밤마다 들려오는 신음 소리에는 정말 고개를 들 수가 없었다.

그렇지만 전문 지식이 필요한 작업이라 내가 도우려고 해도 도울 수 없었기 때문에, 나는 요 며칠 동안 이렇게 심부름 담당을 맡고 있었다.

물론 이 심부름은 내 야식 조달도 겸하고 있다. 그래, 서로에게 윈윈이라는 것이다. 어라, 조금 다른가. 뭐, 상관없지.

길게 설명해봤자 별수 없다. 선생님의 「일단 커피」라는 부탁을 들어드리기 위해, 나는 신발을 벗고 복도로 올라섰다.

계단까지 거리가 얼마 안 되기에, 불을 켜지 않고 손으로 벽을 짚으면서 나아갔다.

이 시간이라면 분명 다른 가족들은 자고 있을 것이다. 나 때문에 깨면 미안하니까 소리를 내지 않도록 조심해서 가야지. 신중하게, 신중하게…….

나는 그런 부분에 신경을 쓰면서 「아이 방」이라는 플레이트가 걸려 있는 문 앞을 지나갔다.

순간, 합숙 첫날에 있었던 일이 머리를 스쳐갔다. 서재에 갇히고, 음흉한 눈으로 보지 말라며 협박당했던 그날부터 벌써 그럭저럭 나흘이 지났던 것이다.

이상하게도 나는 그날 이후 아야노의 동생들과 한 번도 만나지 못했다.

확실히 방에서 작업하면서 많은 시간을 보냈다. 하지만 같은 집에서 지내는데도 이 정도로 마주치지 않을 수 있을까.

그야말로 요 나흘간, 매일 아침 학교에도 가고 욕실도 사용하고 있는데…….

나는 계단에서 삐걱거리는 소리가 나지 않도록 한 계단 한 계단 조심해서 올라가면서, 동생들에 대한 생각에 잠겼다.

나는 그날 아야노에게 「동생들에 대해서는 신경 쓰지 말아주세요」라는 말을 듣고 그러기로 했다.

그렇게 약속했기 때문에 아야노와 만나도 동생들에 대한 이야기는 묻지 않으려고 하지만, 역시 신경 쓰인다고 하는 것이 솔직한 심정이었다.

첫날, 동생들은 도대체 무슨 생각으로 그런 장난을 친 걸까. 왜 아야노는 완강하게 동생들과 나를 만나지 못하게 하는 걸까.

안 되겠다, 신경 쓰여. 그렇다고 해서 물어보는 것도 좀 그렇지.

"어라?"

괴로워하면서 2층 복도로 올라왔을 때, 나는 선생님의 방으로 향하려던 발을 멈췄다.

어떤 이유에서인지 내가 쓰고 있는 방문이 반쯤 열려 있었고 그곳에서 불빛이 새어나오고 있었던 것이다.

조금 전에 방을 나올 때 불 끄는 걸 잊어버렸나? 아니, 분명히 끈 것을 확인했었다. 그럼 어째서……?

……음?

저건 뭘까. 역광이라 잘 보이지 않지만, 문 아래 부분에 뭔가가 꿈틀거리고 있다…….

어, 저거 내 쪽으로 다가오고 있지 않나?

잠깐! 뭐, 뭐야?! 뭔데, 뭔데, 뭔데?!

"윽……!"

문틈에서 튀어나온 작은 그림자는 맹렬한 속도로 돌진해 오나 싶더니, 내 오른 다리를 물었다.

갑작스러운 통증에 소리를 지를 것 같았지만, 어떻게든 참았다. 뭐지? 나는 뭐에 물린 거야?

검은 그림자를 어떻게든 떨어뜨린 다음, 내가 웅크린 것과 동시에 반쯤 열려 있던 방문이 활짝 열렸다.

새어나오고 있던 불빛이 강한 광원으로 바뀌며 소년의 실루엣을 뚜렷하게 비추었다.

"하, 하나오! 안 돼!"

방에서 나온 소년은 당황한 기색이었지만, 부드러운 움직임으로 검은 그림자에게 다가가 그것을 붙잡았다.

불빛에 의해 그림자의 정체가 분명하게 드러났다. 나는 통증이나 소년에 대한 것보다도 가장 먼저 그 생물의 이름을 입에 담았다.

"해, 햄스터……?"

「하나오」라고 부른 햄스터를 끌어안은 소년은, 웅크린 내 앞에 쭈그리고 앉더니 걱정스러운 표정으로 내 얼굴을 들여다보았다.

"저, 저기 괜찮으세요? 죄송합니다, 죄송합니다, 정말로 죄송합니다……!"

나이는 나보다 한두 살 아래일까. 조금 뻣뻣해 보이는 검은 머리카락을 앞머리만 핀으로 고정하고 있었다.

흰 셔츠에 카고 바지를 입은 모습은 외향적으로 보였지만, 그런 이미지를 완전히 지워버릴 정도로 본인의 태도는 소심하기 그지없었다.

홀린 듯이 고개를 꾸벅꾸벅 숙이는 모습에, 나는 당황해서 접이식 의자에 옮겨 앉아 소년을 달랬다.

"지, 진정해! 피도 안 나는 것 같고 괜찮으니까! 응?"

확인해보니 적당히 봐준 모양인지 상처가 나진 않은 것 같았다.

소년은 내 말을 듣고 살짝 안도한 표정을 지었다.

"정말로…… 괜찮으세요?"

솔직히 조금 아팠지만, 눈물이 그렁그렁한 눈으로 그렇게 물어보는데 그런 말을 할 수는 없었다.

나는 되도록 환하게 미소를 지으며「전혀 문제없어」하고 허세를 부렸다.

"너는…… 아야노의 남동생이지?"

소년은 내 질문에 놀란 표정을 짓더니 고개를 끄덕였다.

"마, 맞아요. 그렇지만…… 역시 이 일을 누나에게 보고하실 건가요?"

소년은 말을 마치는 것과 동시에 부들부들 떨기 시작했다. 보고라니, 군대도 아니고…… 하지만 이 모습을 보니 아무래도 아야노는 화나면 상당히 무서운 모양이다. 아, 그러고 보니 첫날에도 남동생이 절규하게 만들었던가. 거참…… 명심해두도록 하자.

"안 할게, 안 할게! 음, 처음 만났으니까 제대로 인사해두자고 생각해서."

나는 그렇게 말한 뒤 손을 내밀었다. 만국 공통의 우호를 나타내는 표시다.

"나는 코코노세 하루카라고 해. 너는?"

소년은 양손으로 끌어안고 있던 햄스터를 한 손으로 고쳐 안고 내 손을 마주 잡았다.

"코, 코스케라고 해요. 잘 부탁드립니다."

「코스케」라는 이름을 듣고 퍼뜩 떠올랐다. 첫날에 아야노에게 들었던 남동생의 이름은 분명 「슈야」였을 것이다. 두 사람 중 어느 쪽이 형일까. 코스케 쪽일까. 슈야 쪽일까. 아아, 왠지 신경 쓰이기 시작했어.

"그, 그럼 저는 이만 밑으로 내려가 볼게요. 저기, 정말로 밤늦게 죄송했습니다."

코스케는 일어나서 다시 몇 번이나 고개를 숙였다.

이제 자러 가는 건가. 뭐, 시간도 시간이니 그렇겠지. 사실은 좀 더 이야기를 나누고 싶었지만…… 이제 자야겠지. 응.

"아, 좋은 꿈……."

……아니, 어쩌면 자러 가는 게 아닐지도 모르잖아?

그런 알 수 없는 기대에, 나는 하던 말을 딱 멈췄다.

하지만 붙잡아서 어쩔 건데? 아니, 하지만 일단 물어나 보자.

아니아니, 딱히 남의 집 사정을 꼬치꼬치 캐물으려는 것도 아니니까 괜찮겠지. 잠시 이야기를 나누고 싶을 뿐이니까…….

"코, 코스케."

"……네, 왜 그러세요?"

코스케가 고개를 갸웃했다.

나는 옆에 놓아두었던 비닐 봉투를 들어 올린 다음, 그 안에서 푸딩 하나를 꺼내며 이렇게 말했다.

"푸딩…… 좋아해?"

*

"이, 이렇게 맛있는 건 처음 먹어봐요! 평소에는 세 개 묶음으로 된 것만 먹거든요……!"

탁자를 사이에 두고 마주 앉은 코스케는 무척 행복한 표정으로 그렇게 말했다.

후후후, 코스케는 잘 모르는구나. 세 개 묶음으로 파는 푸딩에는 보편적인 매력이 있는 거야. 너도 시간이 지나면 그 사실을 깨닫는 날이 오겠지…….

그런 계몽 문구를 머릿속으로 재생하면서, 나도 같은 푸딩을 덥석덥석 입으로 가져갔다. 응, 맛있어.

먹을거리를 가져가자, 선생님은 나와 코스케가 나란히 서 있는 모습을 보고 무척 놀랐다.

선생님이 말하길 아야노의 세 동생들은 「낯가림이 심한 아이」인 듯, 사람을 그다지 따르지 않는다고 한다.

코스케는 그 말을 듣고 부끄러워했지만, 나는 셋과 좀처럼 만날 수 없었던 것은 그런 이유 때문인지도 모른다고 납득했다.

"그나저나 그 아이, 너를 엄청 따르는구나."

코스케의 어깨 위에는 조금 전의 햄스터 「하나오」가 딱 올라타 있었다. 싫어하는 기색도 날뛸 기미도 보이지 않았다.

"에헤헤……. 사이가 좋거든요."

코스케는 그렇게 말하더니, 사랑스럽다는 듯이 「하나오」의 등을 쓱쓱 쓰다듬었다. 「하나오」도 쓰다듬는 코스케의 손길이 기분 좋은 듯 몸을 비비 꼬았다.

"코코노세 형, 학교 축제 준비 때문에 오신 거죠? 누나가 분명 축제는 모레 열린다고 했던 것 같은데."

"어 맞아, 고등학교 축제야. 아, 괜찮으면 코스케도 올래? 부스도 엄청 많고 매년 대성황이라는 모양이야~."

내 권유에 코스케는 미안한 듯이 고개를 저었다.

"감사하지만…… 사양할게요. 저는 사람이 많은 곳을 별로 좋아하지 않아서. 게다가 그날은 마침 볼일도 있거든요."

코스케는 그렇게 말하더니 침울한 얼굴을 했다. 그래, 선생님도 조금 전에 낯을 가리는 아이라고 말했지. 그런데 나는 또 바보 같은 짓을…….

나는 허둥지둥 뭔가 말하려고 입을 열었지만, 코스케가 입을 여는 것이 더 빨랐다.

"아, 하지만 누나랑…… 그리고 다른 둘은 놀러갈 거라고 했어요."

"어! 다른 남매들도 오는 거야?"

조금…… 아니, 꽤 의외였다.

솔직히 미움 받고 있는 게 아닐까 싶을 정도였는데, 설마 놀러 와줄 거라고는 생각도 못했어!

기분이 좋아진 나는 기쁜 마음을 숨기지 못하며 말했다.

"우와~ 기쁘다! 다들 와준다니 의욕이 배로 샘솟는데~!"

내가 웃으며 말하자, 코스케도 미소를 지으며 대답했다.

"저도 응원하고 있어요. 정말 볼일이 없었다면 잠깐 정도는 갔다 올 수 있을 텐데."

"아, 조금 전에도 말했지. 그건…… 꽤 중요한 볼일이야?"

코스케는 「조금」 하고 서두를 꺼내더니 계속해서 말했다.

"신문 배달 아르바이트 면접이 있거든요. 제 나이라도 채용해주겠다는 곳이라 아무래도 빠질 수가 없어서요."

과연. 나는 순간 납득할 뻔 했지만, 겉보기에 코스케는 아직 열세네 살로 보였다. 아무리 생각해도 일하기에 적합한 나이는 아니다. 어째서 굳이······.

내가 말문이 막혀 아무 말도 하지 못하고 있자, 코스케는 그런 내 모습을 눈치챘는지 다시 입을 열었다.

"바꾸어야겠다고 생각했거든요. 어머니가 돌아가시고 다들 기운 내려고 하는데 저만 언제까지나 소심한 상태로 지낼 수는 없다고 생각해서······."

코스케는 거기까지 말하고 내 상태를 눈치챘는지 하던 말을 멈췄다.

······아니, 어, 잠깐 기다려. 지금 코스케가 뭐라고 했지?

「어머니가 돌아가셨」라니······ 어머니라는 건 선생님의 아내 분을 말하는 것이겠지?

아니 아니, 설마 그럴 리가. 그도 그렇게 선생님은 그런 말은 한마디도 하지 않으셨는걸. 게다가 입학한 뒤로······ 아니, 아주 오래 전부터 오늘에 이르기까지 선생님이 슬퍼하는 모습 같은 건 본 적이 없는걸.

2학기가 시작된 다음에도 평소와 같은 모습으로······.

아지랑이·데이즈 KAGEROU DAZE 6권
발매 기념 특별 부록
[NOT FOR SALE]
© KAGEROU PROJECT / 1st PLACE

"······돌아가셨어? 선생님의 아내 분."

내 말에 코스케는 조금 놀란 표정을 지으며 말했다.
"아버지가 말씀 안 하셨어요?"
나는 아무 말 없이 고개를 끄덕였다.
코스케는 짐작 가는 부분이 있는지 잠시 생각에 잠기더니 납득한 듯이 한숨을 쉬었다.
"그다지 다른 사람에게 슬퍼하는 모습을 보여주고 싶어 하지 않으셔서······. 우리 앞에서도 울지 않으셨어요. 분명 아버지는 코코노세 형과 다른 제자 분께 걱정 끼치고 싶지 않아서 그랬을 거예요."
우리를 배려해서 말하지 않으셨던 걸까. 매일 그렇게 즐거운 듯이 웃었던 것은 허세였을까.
사실은 뒤에서 울고 계셨던 걸까. 이때까지 보았던 선생님의 미소가 머릿속에서 떠오른 순간 가슴이 아파왔다.
"······선생님은 우리 때문에 무리하셨던 걸까."
코스케는 고개를 가로저었다.
"그렇지는 않을 거예요. 아버지는 코코노세 형에 대해 이야기할 때마다 무척 즐거워 보이셨으니까요. 『자랑스러운 제자다~』하고요."
그 말을 들은 나는 뜻하지 않게도 눈물이 날 것 같았지만, 코스케 앞이었기 때문에 어떻게든 참았다.

"뭐야 선생님, 우리한테는 직접 말해주지도 않으면서."

내가 그렇게 말하자, 코스케는 「술에 취했을 때라서요」 하고 말하며 쓴웃음을 지었다.

선생님이 술에 취한 모습이라. 왠지 상상이 가는걸.

그러자 말을 하다 뭔가 떠올랐는지, 코스케는 부드럽게 손뼉을 쳤다.

"아! 그렇지, 아버지 그때 굉장했어요. 술에 잔뜩 취해서 누나에게 『다음에 데려올 테니까 여자 친구로 삼아달라고 해~』라는 말을 꺼내기 시작했거든요. 평소에는 『네가 시집 가면 죽을 거야』라고 말하면서 말이죠."

코스케는 그렇게 말하면서 웃었지만, 나는 그 말을 듣고 가슴이 덜컥 내려앉았다. 물론 첫날에 있었던 「그 사건」이 떠올랐기 때문이다.

"아하하, 그건 뭐…… 어떨까, 하하……."

"이상하죠? 더구나 다른 남매들도 진지하게 받아들여서는 『누나를 지키자!』라는 말을 꺼내서…… 어라, 코코노세 형?"

아아, 코스케는 그때 아이 방에 없었던 걸까. 그 『누나를 지키는 운동』은 분명 실시되고 있는 거라고 생각해. 응. 굉장히 물리적인 느낌으로…….

남매 여러분, 안심해주세요. 저는 앞으로 평생 동안 아야노를 음흉한 눈으로 볼 일은 없을 거라고 생각합니다.

나는 견딜 수 없이 어색해져서 푸딩 모임을 서둘러서 끝내기로 했다.

"코, 코스케. 시간도 많이 늦었는데 슬슬 자러 갈까."

"네? 아, 벌써 새벽 두 시네요. 죄송해요, 너무 오래 있었죠."

코스케는 텅 빈 푸딩 용기를 들고 일어났다.

「하나오」는 그런 코스케의 갑작스러운 움직임에도 유연하게 대응하며, 자신이 앉아 있던 위치에서 조금도 벗어나지 않았다. 으음~ 정말 사이가 좋구나.

배웅하려고 나도 일어나려고 했지만, 코스케는 「신경 쓰지 마세요」 라고 말했다.

나는 「아냐 아냐」 라고 말하며 코스케의 뒤를 바싹 따라가, 문 쪽에서 배웅하기로 했다.

"아르바이트 면접 힘내."

내가 그렇게 말하자, 코스케는 미소를 지으며 「코코노세 형도 학교 축제—」 라고 말했다.

……아니, 정확하게는 이어질 말이 더 있었던 것이겠지. 하지만 코스케는 말을 마치기 전에 이마를 짚으며 눈을 가리듯이 고개를 숙였다.

당황해서 코스케의 등을 어루만졌다.

"괘, 괜찮아요. 잠시 현기증이 난 모양이라……."

말은 그렇게 했지만, 코스케의 심장 박동 수도 조금 빨라진 것 같았다. 그다지 괜찮아 보이지 않았다.

"정말 괜찮아? 뭔가 약이라도⋯⋯."

"금방 가라앉을 테니까 괜찮⋯⋯아요⋯⋯."

코스케는 이마를 짚은 상태에서 순식간에 새파랗게 질렸다. 살짝 몸을 떨고 있는 것 같았다. 역시 심상치 않은 상태였지만, 왜 이런 증상이 일어났는지 코스케는 짐작 가는 부분이 있는 것 같았기 때문에, 나는 가만히 계속해서 등을 어루만져주었다.

잠시 그렇게 있자 진정됐는지, 코스케는 똑바로 선 다음 이마에서 손을 뗐다. 손을 치운 그 아래로 드러난 표정은 어쩐지 조금 슬퍼보였다.

"죄, 죄송해요, 귀찮게 해드려서."

"아니 아니, 그런 것보다도 정말⋯⋯."

괜찮냐고 물어보려던 내 말은 코스케의 「괘, 괜찮아요!」라는 말에 묻혔다. 너무 걱정하면 오히려 민폐가 될지도 모르겠다는 생각에, 나는 그 이상의 말을 아꼈다.

다시 배웅하는 형태가 되어, 코스케는 계단 쪽으로 걸어갔다. 마지막으로 내 얼굴을 바라보는 그 표정은 역시 조금 슬퍼보였지만, 코스케의 본심은 마지막까지 알 수 없었다.

그날은 그 이후 작업도 하는 둥 마는 둥 해서 조금 이르게 잠자리에 들었지만, 선생님의 아내 분에 대한 이야기가 머리에 떠올라 좀처럼 잠들 수가 없었다.

그 서재는 역시 아내 분의 방이었던 걸까. 도대체 어떤 사람이었을까.

아이를 생각하는 다정한 어머니였을까. 아아, 어쩌면 아야노의 「동생들을 생각하는 마음」은 어머니가 돌아가셨기 때문일지도 모르겠다.

코스케도 그렇다. 바뀌기 위해 노력하고 있었다.

왠지 그렇게 생각하니 굉장하네. 그곳에 존재하지 않더라도 모두의 살아갈 힘이 되다니 정말 굉장하다고 생각해.

거기에 비하면 나는 누군가의 살아갈 힘이 될 수 있을까. ……어떨까, 좀 어렵지 않을까.

잠시 생각해 봤지만, 그 이상은 머리가 돌아가지 않았다.

생각의 실이 술술 풀리며 늘어지더니 자아(自我)나 그런 「나」 같은 것이 서서히 이완되어 갔다.

정신이 드니 형형색색의 어둠 속에 있었다. 아무것도 무섭지 않고 아무것도 느껴지지 않는다.

아마 「죽음」이란 이런 것이겠지 하고 생각하는 것과 동시에 희미하게 남은 내 자아는 끝없는 잠의 세계로 빠져들었다.

저물어가는 태양이 정적에 휩싸인 유령 도시를 선명하게 물들이고 있었다.

황폐해진 도로에 지난날의 지배자였던 인류는 보이지 않았다. 여기저기에서 꿈틀거리는 것은 다양한 진화를 이루어, 이제 이 세계의 새로운 군주가 된 이형의 존재 「몬스터」뿐이었다.

일찍이 이 세계에 느닷없이 나타난 「몬스터」는 불과 한 달 만에 지구상의 생태계를 크게 뒤바꿨다. 모든 생명체는 그 견고함과 흉악한 공격성 앞에서 어찌할 도리 없이 멸망의 길을 걸었을 터였다……

그래, 「단 한 명의 소녀」를 제외한다면…….

탕! 묵직한 총성이 울려 퍼지고, 저녁놀과 색깔을 맞춘 듯한 주황색 섬광이 번쩍였다. 거의 동시에 총구 바로 앞까지 다가왔던 몬스터 「곰고릴라」는 폭발하여 무수한 고기 조각이 되어 아스팔트 위로 쓰러졌다.

우윳빛의 무기적인 손톱이 피 보라를 가르는 것처럼 소녀의 코앞까지 다가왔다. 소녀는 그것을 아슬아슬하게 피하며 침착한 태도로 총을 다시 쥐었다.

손톱의 주인인 이형의 고양이 형태 몬스터 「냥타로스」는 소녀가 공격을 피하자, 완전히 균형을 잃고 무방비한 복부를 소녀의 눈앞에 드러냈다.

소녀는 무자비하다고 생각될 정도의 속도로 그 복부에 총구를 겨누고 지체 없이 방아쇠를 당겼다. 복부에 납으로 된 탄환을 맞고 단말마의 비명과 함께 폭발하는 냥타로스. 소녀는 그 피보라를 맞으며 옛 아케이드 거리 쪽을 노려보았다.

어느새 한 자릿수를 아득히 뛰어넘는 수의 몬스터들이 소름끼치는 비명을 지르며 소녀가 있는 곳으로 다가왔다.

소녀는 숨을 한 번 내쉰 뒤, 들고 있던 총을 휘둘렀다. 손잡이에서 텅 빈 탄창이 튀어나와 아스팔트 위에 부딪치며 짤그랑 소리를 냈다.

소녀는 새로운 탄창을 장전하는 것과 동시에, 총구를 다시 몬스터의 무리 쪽으로 겨냥하며 입을 열었다.

"한 마리도 남김없이 날려버리겠어⋯⋯!"

말하기가 무섭게 조준하고 있던 총이 굉음과 함께 불을 뿜었다.

한 발, 두 발 끊임없이 연사되는 총격은 마치 레이저 빔을 연달아 쏘는 것처럼 몬스터의 무리를 후려쳐 쓰러뜨리며 모든 몬스터를 붉은 물방울로 바꿔버렸다.

소녀는 씩 웃었다. 소녀 한 명이 다수에 맞서는 압도적으로 불리한 상황인데도, 그 여유로운 표정에는 그늘 한 점 없었다.

무한하게 보였던 몬스터 무리가 다가오는 것도 지루하게 느껴질 무렵, 소녀의 마지막 일격이 피로 물든 넓은 거리에 종전의 꽃을 피우고⋯⋯.

⋯⋯이런 모놀로그가 머릿속에 떠오른 나는 그 홀딱 반할 것 같은 플레이에 참지 못하고 한숨을 쉬었던 것이다.

『섬광의 무희·에네』

그곳에는 내가 모르는 또 다른 타카네의 모습이 있었다.

*

학교 축제 당일.

거의 선생님 덕분이지만, 게임 「헤드폰 액터」는 무사히 완성되었다. 게다가 어떻게 만들었을까 싶을 정도로 잘 만들어졌다. 이것이 일주일 만에 만들어졌다는 사실을 알아차릴 사람은 거의 없다고 생각한다.

그리고 게임 자체의 완성도는 물론이거니와, 타카네의 게임 플레이 실력도 예사롭지 않았다.

「정말로 사람이 플레이하는 걸까」 의심하게 될 정도로 정확하기 그지없는 그 플레이는 보는 사람을 매혹시키며 경탄하게 만들었다.

그렇다. 나는 오늘 처음으로 게임 하는 사람을 「멋지다」고 생각했던 것이다.

이러니저러니 해서 오늘 몇 십번 째 하는 대전이었지만, 이번에도 당연한 것처럼 일방적인 게임이었다.

화면에 표시되는 결과를 확인할 것까지도 없이, 타카네의 압승이었다. 우와, 굉장하다! 타카네, 정말 멋져!

나는 격렬한 싸움을 끝낸 타카네의 옆모습을 존경어린 시선으로 바라보고 있었다. 교실이 어둑어둑한 탓에 표정을 잘 읽어낼 수는 없었지만, 저렇게 화려한 플레이를 해낸 직후이니 틀림없이 만족하고 있겠지. 응, 그럴 게 틀림없다.

그렇게 생각하니 타카네의 모습은 어딘가 전투의 여운에 젖어 있는 것처럼 보였다.

내 입에서는 무심코 칭찬하는 말이 튀어나왔다.

"타카네, 해냈구나! 또 이겼어! 아니, 지금은⋯⋯."

그래, 지금의 타카네는 타카네이면서 타카네가 아니다. 모두가 찬양하는 그 이름으로 부르지 않으면⋯⋯!

"⋯⋯지금은 『에네』라고 부르는 게 좋을까?"

내가 그렇게 말하자, 타카네는 디스플레이의 역광 속에서 천천히 입을 열었다.

"시끄러워, 바보⋯⋯."

격렬한 배경 음악 속에서 나온 그 말에 감동한 나는 오싹한 감각에 몸을 떨었다.

이것도 오늘 알게 된 것이지만, 타카네는 예전에 인터넷 게임 대회에서 전국 2위에 입상한 적이 있는 팬까지 보유한 유명인이라는 모양이다.

거참, 가까운 존재라고 생각했지만, 설마 타카네에게 그런 일면이 있었다니⋯⋯.

그렇다 치더라도 이 여유와 관록⋯⋯ 확실히 「섬광의 무희」라는 느낌이야. 맞아! 나 바보 같지! 크으~ 멋져!

하지만 타카네의 모습을 정신없이 쳐다보고 있을 수만은 없다. 나는 일어나서 도전자 쪽을 향해 미소를 지으며 말했다.

"자! 수고하셨습니다~! 연속 도전은 할 수 없도록 정해져 있습니다. 멋진 배틀을 감사했습니다!"

내가 그렇게 말을 마치는 것과 동시에 어둑어둑한 과학실은 커다란 박수 소리로 휩싸였다. 교실을 한가득 채운 사람, 사람, 사람…… 응. 아무리 봐도 대성황이라고 말할 만큼 손님들이 잔뜩 모였다.

도전자였던 밀리터리 풍의 복장을 한 형은 힘차게 일어나더니, 타카네를 향해 경례하며 「황송합니다. 설마 이런 곳에서 『섬광의 무희·에네』님께 한 수 배울 수 있을 줄은…… 여, 영광입니다!」라고 외친 후 교실을 나갔다. 응응. 정말 좋은 시합이었으니까. 옆에서 보고 있던 나조차도 감동했는걸.

그와 동시에 시합을 관전하고 있던 관객들은 차례차례 「다음은 나다」, 「아니, 다음은 나랑 대전을……」 같은 말을 했다.

그래. 무엇을 숨기겠는가, 이 교실에 있는 손님 대부분이 타카네의 팬인 것이다.

오늘 맨 처음 찾아온 손님이 마침 타카네를 알고 있었는지, 우리 학교 축제를 인터넷에 선전해주었다는 모양이다.

그 정보를 알게 된 타카네의 팬들이 타카네와 한 번 겨뤄보기 위해 전국에서 달려왔다! 이것이 이번 일의 흐름이었던 것이다. 뭐, 전국에서 왔다는 건 살짝 과장인지도 모르지만.

자신들이 먼저라고 웅성거리는 속에서, 나는 교실에 들어온 순서에 따라 한 명에게 신호를 보내고 도전자석으로 안내했다.

타카네가 간단하게 규칙을 설명한 다음 게임이 시작되자, 소란스러웠던 교실 안은 단숨에 아주 조용해졌다.

이 긴박감. 정말 스포츠 경기를 관전하는 것 같다.

지금까지 게임 하는 것을 「관전한다」는 경험이 없었기 때문에 몰랐지만, 설마 대전 게임이 이렇게 뜨거운 것이었다니.

이런 대회는 자주 열리는 걸까. 한 번이라도 좋으니 가보고 싶다.

"……아, 이런! 시간!"

그렇다. 플레이를 보는데 몰두한 나머지, 내 할 일을 완전히 잊고 있었다. 어쩔 수 없이 게임 화면에서 눈을 떼고 시계와 손님의 인원수를 확인했다.

걱정한 대로 학교 축제 종료 시간까지 앞으로 15분도 남지 않았다. 역시 지금부터 이 인원수의 손님들과 상대하는 것은 어렵겠지.

그러는 동안 또 한 명의 도전자를 이긴 타카네에게 관객들이 환호성을 질렀다.

계속해서 연승을 한 것이다. 타카네도 상당히 지쳤을 게 틀림없다. 도전자가 일어나는 그 한순간의 휴식 시간에 맞춰 나는 바로 말을 걸었다. 이 자리에서는 이쪽이 더 좋을 거라 생각해서 그 호칭으로 불렀다.

"에네, 계속 할 수 있겠어? 앞으로 10분 정도면 축제도 끝나니까 마지막까지 힘내자!"

내 응원 소리에 타카네는 뭐라고 중얼거렸지만, 게임 배경 음악과 관객들이 웅성거리는 소리에 뒤섞여서 잘 알아듣지 못했다.

시간을 봤을 때 대전할 수 있는 것은 앞으로 두세 명 정도일까.

당초 예정대로라면, 타카네는 슬슬 「승자」의 자리를 누군가에게 내주어야만 했다. 이번 축제의 목적은 「아무도 에네를 이기지 못했다」는 전설을 만드는 것이 아니다. 게다가 저 물고기 표본을 누군가에게 주지 않으면…….

타카네는 「후반 즈음에 적당히 져주면 불타오를 거 아냐」라고 말했지만, 애초에 져야만 한다는 것을 제대로 기억하고 있을까.

아니, 어떨까. 지금 타카네는 우는 아이도 눈물을 그치게 만든다는 「섬광의 무희」다. 어쩌면 눈앞의 모든 플레이어를 사냥할 생각으로 가득 차 있을지도 모른다.

그렇다면 매우 곤란하다. 그렇다고 해서 모처럼 집중하고 있는데 몇 번이나 말을 거는 것은 또 어떨런지……

불안해져서 안절부절 못하고 있을 때, 갑자기 누군가가 내 어깨를 두드렸다. 뒤이어 소곤거리는 목소리가 내 이름을 불렀다.

"……놀러왔어요, 하루카 오빠."

뒤돌아보니 그곳에는 아야노의 모습이 있었다. 놀러오겠다는 이야기는 코스케에게 들었지만, 이렇게 직접 온 걸 보니 역시 기뻤다.

어라, 그러고 보니 코스케가 동생들도 올 거라고 말했던 것 같은데…… 왔다 간 걸까?

"아, 아야노! 미안, 정신이 없어서."

"아뇨 괜찮아요, 저야말로 바쁠 때 찾아와서 죄송해요. 그렇다 치더라도 정말 대성황이네요. 깜짝 놀랐어요."

아야노는 그렇게 말하며 주변을 두리번두리번 둘러보았다.

"나도 깜짝 놀랐어. 손님이 예상보다 더 많이 찾아와서 말이지. 아, 근데 아야노 미안, 지금 온 거면 그……."

정말 시간이 얼마 남지 않은데다가 기다리는 손님도 있다. 지금 온 듯한 아야노에게 먼저 기회를 주는 것은 불가능할 것 같았다.

나는 미안한 마음으로 고개를 숙였지만, 아야노는 그런

건 이미 잘 알고 있다고 말하는 듯이 미소를 지었다.

"네, 저는 괜찮아요. 함께 온 친구가 내내 줄 서 있었는데, 그 친구만 상대해주시면……."

아야노는 나에게서 시선을 떼고 타카네의 옆쪽을 바라보았다. 그곳에는 붉은 저지를 입고 멍한 모습으로 화면을 바라보는 소년이 있었다.

조금 전까지의 도전자들과는 다르게 그 모습에서는 게임을 향한 「열정」 같은 것을 전혀 느낄 수 없었다.

하지만 소년이 서 있는 위치를 살펴봐도, 다음 도전자는 저 아이가 틀림없는 모양이다.

"저 아이는 같은 학교에 다니는 동급생이에요. 오늘 혼자서 오기도 좀 뭣해서 꼬셔봤더니…… 같이 와줘서. 꼬, 꼬셨다고 해도 물론 이상한 의미는 아니에요!"

아야노는 왠지 머뭇거리며 소년을 간단하게 소개했다.

……으음, 응. 알기 쉽구나, 이 아이.

나는 견디지 못하고 「아하—」 하고 소리를 낼 뻔했지만, 아무래도 아저씨 같기도 하고 촌스러운 행동이라 자중하기로 했다.

이런저런 사이에 저지를 입은 소년이 도전자석에 앉았다. 연하의 도전자는 오랜만이라 타카네도 조금 어안이 벙벙한 모양이다.

아, 그래도 이거 타이밍으로 봤을 때 마침 잘 된 건지도 모르겠다.

분명 평범하게 싸운다면 저지를 입은 소년은 타카네에게 흠씬 두들겨 맞겠지. 그렇게 되면 소년이 아야노 앞에서 폼을 잡기 어려울 텐데, 으음, 그건 그다지 좋지 않을 거라 생각한다.

그러니까 여기는 타카네에게 부탁해서 이 아이에게 승리를 양보해달라고 하자. 시간을 봐도 마침 적당한 때니까. 응, 좋은 아이디어인 것 같아.

생각나면 바로 실행해야 한다. 나는 부랴부랴 타카네의 어깨를 두드렸다. 물론 호칭은 그쪽으로 불렀다.

"에네, 한창 불타오를 때 미안하지만 이제 슬슬 승리를 양보하는 편이 좋다고 생각해. 분할지도 모르지만…… 이 아이에게 져줄 수 없을까?"

내가 말하자, 타카네는 저지를 입은 소년 쪽을 물끄러미 쳐다보았다. 오늘 하루 열심히 해준 타카네에게 마지막으로 이런 말을 하는 것은 솔직히 기분이 좋지 않다.

하지만 오늘 우리가 목표로 하는 것은 「최고로 재미있는 사격 게임」. 요컨대 손님을 즐겁게 만드는 것이다.

타카네도 그 점을 알고 있는 듯, 고개를 한 번 끄덕이더니 불평도 하지 않고 게임에 대해 설명하기 시작했다.

나는 마지막 싸움을 두 눈에 확실하게 새기기 위해, 몇 발자국 떨어져서 지켜보기로 했다.

……어라, 좀처럼 시작되지를 않네.

자세히 보니 타카네와 저지를 입은 소년이 뭔가 이야기를 나누고 있는 모양이었다. 무슨 이야기를 하는 걸까. 두 사람은 사이좋게 이야기를 나눌 만한 타입으로 보이지 않는데.

무슨 이야기를 나누고 있는지 신경이 쓰였지만, 내가 있는 위치에서는 게임 배경 음악이 방해를 해서 대화의 내용까지는 알아들을 수 없었다.

귀를 기울여도 소용이 없을 것 같아서 문득 옆을 쳐다보자, 아야노가 불편한 표정으로 두 사람의 모습을 바라보고 있었다. 마치 수업을 참관하는 어머니 같은 느낌이다.

나는 신경이 쓰여 아야노에게 말을 걸었다.

"아야노, 왜 그래? 뭔가 걱정거리라도 있어?"

아야노는 어깨를 「움찔」 떨더니, 말하기 어려운 듯 입을 열었다.

"걱정거리라면 걱정거리인데요, 저 아이…… 입이 조금 험하다고 할까, 거침없이 말하는 경향이 있거든요. 그래서 실례되는 말을 하지 않을까 신경이 쓰여서……"

왠지 정말 어머니가 할 법한 걱정거리였다.

입이 험하다고 한다면, 타카네도 그렇게 말을 곱게 하는 편은 아니라고 생각한다. 그건 그 나름대로 타카네의 개성이라고도 생각하지만, 요컨대 저 소년도 그런 느낌인 걸까.

……아아, 그건 좀 위험할지도. 타카네라면 바로 기분 나빠할 것 같아.

나는 좋지 않은 예감이 들었지만, 아야노를 걱정하게 만들 말을 해봤자 소용이 없기 때문에 무난한 대사를 입에 담았다.

"음, 뭐 조금 정도라면 괜찮을 거야. 타카네가 저래보여도 꽤 참을성이 많……."

그 순간—

"……나는 저어어어얼대로 지지 않을 건데?!"

그렇게 말하는 타카네의 목소리가 들렸다.

……어라, 이상하다. 저 아이 예정과 전혀 다른 말을 하고 있는데.

나는 허둥지둥 타카네의 옆으로 슬라이딩했다. 이 아이에게 이긴다고?! 그건 곤란해!

"잠깐, 타카네, 여기선 져줘야지!"

하지만 타카네는 표정을 살필 것도 없이, 명백하게 화가 난 모양이었다. 내 말 같은 건 전혀 들리지 않는 것 같았다.

"……네 부하가 돼서 『주인님』이라고 불러도 좋아! 저……얼대로 지지 않을 테니까!"

두 번째 승리 선언. 져야만 하는 상황인데, 어째서인지 타카네는 오늘 있었던 대전 중에서 가장 승부욕에 불타올랐다.

타카네의 고함 소리는 다른 손님에게는 들리지 않았던 걸까. 아아, 하지만 아야노에게는 들렸던 모양이다. 귀가 새빨갛게 물들었다.

무리야, 이렇게 된 이상 어쩔 수 없다. 나는 포기하고 일어선 다음, 다시 아야노의 옆으로 돌아갔다.

나의 「미안」이라는 말과 아야노의 「죄송해요」라는 말은 거의 동시에 튀어나왔던 것 같다. 말을 마침과 동시에 효과음이 울려 퍼지며 오늘의 마지막을 장식할 전투가 무서운 기세로 시작되었다.

……시작되자마자 깨달은 것이 하나 있다.

튀어나오는 몬스터의 수가 예사롭지 않았다. 나는 한눈에 타카네가 최고 난이도를 선택했다는 것을 깨달았다. 평범하게 지려고 생각했다면 절대로 선택하지 않았을 난이도다. 상대를 즐겁게 만들기 위해서라고 해도, 뭐 거의 선택하지 않겠지. 여기서 추론할 수 있는 타카네의 정신 상태는 상상하기 어렵지 않았다.

"엄청 화났구나……."

내가 머리를 감싸 쥐자, 아야노는 「역시 그런가요?」라고 말하며 새파랗게 질렸다.

　하지만 이 싸움은 이미 누가 뭐라 해도 멈출 수 없다.

　눈앞에서 시작된 『격전』을 보며 나는 그렇게 직감했다.

　두 사람의 노도와 같은 컨트롤러 조작으로, 플레이 화면
은 엄청난 양의 핏방울에 물들어갔다.

총성, 단말마, 파열음……. 스피커에서 나오는 효과음 하나하나가 폭발음의 연쇄가 되어 실내를 가득 매웠다.

도무지 슈팅 게임에서 나오는 소리라고는 생각할 수 없을 정도의 굉음에, 나도 모르게 압도되었다. 지금까지 조용히 지켜보던 관객들도 하나둘씩 감탄사를 내뱉었다.

영점 몇 초 사이에 주고받는 「절정의 기교」.

나타났다가 눈 깜짝할 사이에 요격되어 쓰러지는 몬스터의 모습은, 눈으로 확인하는 것조차 어려웠다.

적이 나타나면 그것을 확인한 다음, 조준을 하고 공격한다.

이 두 사람은 어쩜 저렇게 빠르고 정밀하게 이 일련의 동작을 반복할 수 있을까.

……말이 나오지 않는다. 굳이 말로 표현하자면 「무시무시하다」라는 단어 외에는 표현할 방도가 없었다.

눈앞에서 펼쳐지는 일전은 틀림없이 오늘 있었던 대전 중에서 가장 훌륭했다. 저 저지를 입은 소년은 타카네와 막상막하로…… 아니, 어쩌면 타카네 이상으로 좋은 실력을 지니고 있는지도 모른다. 타카네 또한 어떻게 봐도 진심이다. 어느 쪽이 이길지 정말 가늠할 수가 없었다.

그런 두 사람이 상대해줘서 적 캐릭터들도 어딘가 행복해 보였다. 다들 오늘 정말 수고 많았어. 괴로운 역할이었겠지만, 너희들 덕분에 많은 사람들이 즐거워해줬어. 다음에 꼭

캔 배지로 만들어줄게.

 영원히 이어질 것 같았던 길고 긴 2분이었지만, 드디어 남은 시간은 10초도 되지 않았다.
 두 사람의 한 치의 양보도 없는 치열한 싸움이 이제 곧 끝나려고 했다. 승자가 정해지는 것이다.
 자, 누구냐. 도대체 누가 이길까.
 다들 마른침을 삼키며 승패의 행방을 지켜보는 와중에, 갑자기 내 가슴 속에서 예상도 하지 못했던 감정이 싹텄다.

 ……부러워.
 둘 다 멋있어서, 정말 부러워. 어째서 나는 이런 곳에 우두커니 서서 바보처럼 감동하고 있는 걸까.
 타카네도 저렇게 몸을 흔들며 몰입해서는……. 아아, 지금 어떤 기분일까. 역시 어찌할 바를 모를 정도로 재미있고 즐거울까.
 ……안 되겠다, 너무 분해. 나도 타카네 옆에 앉아서 함께 게임을 하고 싶어. 타카네를 몰두하게 만들 정도로, 게임을 잘하고 싶어.
 아아, 만일 그렇게 된다면 얼마나 즐거울까. 만일 그런 미래가 온다면…….

디스플레이의 불빛 때문에 실루엣으로 보이는 두 사람의 모습은, 어쩐지 매우 멀리 있는 존재처럼 보였다.

그런 두 사람의 뒷모습에, 나는 그저 계속해서 선망의 눈길을 보낼 뿐이었다.

*

게임 종료를 알리는 버저가 울려 퍼지고 결과 화면이 표시되었다.

나는 다시 타카네의 곁에 웅크리고 앉았다. 뭔가 말을 걸고 싶었던 것이다.

「굉장했어!」라거나 「감동했어!」 같은 말을 하고 싶었지만…… 아무 말도 할 수 없었다.

결과란 실로 단순해서 이겼는지 졌는지, 단지 그것만을 보여준다.

화면에 표시된 타카네의 포인트는 오늘 했던 시합 중에서 가장 높은 숫자를 가리키고 있었지만, 그 밑에 「WIN」이라는 문자는 없었다.

타카네가 진 것이다.

"타카네……."

내가 무슨 말을 하면 좋을지 고심하고 있을 때, 저지를 입은 소년은 조용히 자리에서 일어나 그대로 출구를 향해 걸어갔다.

아아, 안 돼. 경품을 전해주지 않으면. 그런 치열한 싸움에서 승리한 그를 빈손으로 돌려보낼 수는 없었다.

나는 잠시 고민한 뒤, 타카네에게 할 말을 정했다. 있는 그대로의 마음을 솔직하게 말하기로 한 것이다.

"……에네, 마지막까지 멋졌어. 수고했어."

*

"기, 기다려어~!"

나는 거친 숨을 몰아쉬며 소년의 뒷모습을 쫓았다.

뭘 숨기겠는가, 이 표본은 꽤 무겁다. 겉모습도 좀 그렇고, 이건 경품으로서 결함이 있다는 수준이 아니다. 왜 깨닫지 못했을까.

까딱 잘못하면 괴롭히는 걸로 보이지 않을까…….

아니, 그래도 선전 문구로 「호화 경품을 드립니다」라고 한이상, 아무 것도 주지 않고 끝난다는 건 말이 안 된다.

내가 건네줄 기회를 놓쳐서, 타카네가 거짓말쟁이 취급이라도 당한다면 그야말로 최악이다. 필요 없다는 말을 들어도 어떻게든 건네주지 않으면……!

"거기 서어~!"

벌써 몇 번이나 불렀지만, 소년은 전혀 눈치채지 못한 듯, 빠른 걸음으로 현관까지 걸어가고 있었다.

그보다 저 아이, 아야노와 함께 놀러 왔다고 하지 않았나? 아야노를 그곳에 홀로 남겨두고 왔는데 괜찮은 거야?

저지를 입은 소년을 머뭇거리면서 소개했던 아야노가 뇌리에 떠올랐다. 그 모습을 보건대 아마 오늘이 기대돼서 어쩔 줄 몰랐겠지.

그런데 홀로 남겨두고 가다니, 좀 불쌍하잖아.

그러자 나의 그런 마음이 전해졌는지, 갑자기 뒤돌아본 저지를 입은 소년과 눈이 마주쳤다.

이 기회를 놓칠 수 없다. 나는 가능한 한 크게 소리 질렀다.

"이, 이거, 경품이에요~! 받아주세요~!"

소년은 의아한 표정을 지었지만 타카네의 옆에 있던 나를 기억해줬는지, 모르는 척 하고 지나가지는 않았다.

어떻게든 따라잡자, 소년은 귀에 끼고 있던 이어폰을 빼고 주머니에 넣었다. 아, 과연. 그래서 내 목소리를 듣지 못했구나.

"뭐, 뭡니까, 그거……."

정색이라는 단어가 꼭 들어맞을 듯한 소년의 질문에, 나도 순간 「정말 이건 뭘까」 하고 고민했다.

아니, 안 되지 안 돼. 제대로 대답해야지.

"이건 조금 전 사격 게임의 경품인데…… 전해드리러 왔어요."

"네?!"

"그러니까, 경품이라고요. 으음, 당신 거예요."

안 되겠다. 어쩐지 악덕 상인이 된 것 같은 기분이 들기 시작했다. 아니, 그도 그럴 게 이렇게라도 말하지 않으면 아마 이 아이는 받아주지 않을 테니까.

아아, 봐봐. 굉장히 싫은 표정을 짓고 있어.

"저기…… 필요 없는데요."

역시.

"어떻게 좀…… 안 될까? 오늘의 추억이 담긴 기념품이라는 건 어떨까?"

응, 알고 있어. 억지스럽다는 걸. 분명 심해에서 대모험이라도 하지 않으면 이것을 추억이 담긴 기념품이라고 생각하긴 어렵겠지.

아~ 이제 정말 어떡하지. 이런 느낌이라면 절대 받아주지 않을 거야. 도대체 이런 걸 갖고 싶어 할 사람이 있을 리…….

……아.

"……너, 오늘 아야노랑 같이 놀러온 거지?"

"그런데요……. 그게 왜요?"

소년은 「정말 수상해」라고 생각하는 기색으로 나를 보았다. 너무 갑작스러웠나. 아니, 여기서 물러나면 안 돼. 한 번 더 밀어붙이면…….

"너한테는 필요 없을 지도 모르지만, 이 경품을 아야노에게 준다면 굉장히 기뻐할 거라고 생각해. 응, 틀림없어."

솔직히 나는 「이건 묘안이다」라고 생각했다.

원래 이걸 구입한 것은 아야노의 아버지인 선생님이다. 아야노에게 건네주면 이러니저러니 해서 불필요한 물건은 되지 않을 것이다.

그보다 이 소년이 주는 선물이라면, 아야노도 기쁘게 받아주지 않을까. 그도 그럴 게 아마도 아야노는 이 아이를 좋아할 테니까.

우와, 내가 생각했지만 정말 명안이야. 내가 맡은 일도 똑부러지게 처리하고, 어쩌면 사랑의 큐피드도 될 수 있지 않을까. 이런 곤란한 걸, 후후후…….

"아, 그럼 아야노에게 직접 건네주세요. 그럼."

소년은 거리낌 없이 그렇게 말하더니, 발길을 돌려 다시 걷기 시작했다.

나는 매우 당황해서 뒤를 쫓았다.

"뭐?! 아니, 잠깐 기다려! 애초에 네가 받는 것에 의미가 있다고 할까, 네가 건네주는 것에 의미가 있다고 할까……!"

"아니, 잘 모르겠어요. 따라오지 말아주세요."

소년은 딱 잘라 그렇게 말하며 걷는 속도를 늦추지 않았다. 짐을 든 나는 일반 손님들을 쓱쓱 피하면서 걸어가는 소년을 좀처럼 따라잡을 수가 없었다.

소년은 마침내 현관에 도착해서 손님용 슬리퍼를 벗었다. 내가 어떻게든 따라잡았을 무렵에는 마침 신발을 다 신은 참이었다.

"아, 잠깐 기다려! 뭔가 생각해낼 테니까, 저기……!"

위험하다. 학교 건물 밖으로 나가면 쫓아갈 수도 없게 된다. 아아, 도대체 어떡하면……!

순간, 내 어깨에 누군가가 부딪치고 연달아 「미안합니다!」하는 소리가 들렸다. 뒤돌아보니 돌아다니면서 음료수를 팔고 있는 여학생이 미안해하는 얼굴로 서 있었다.

어깨에 매단 아이스박스에는 『탄산음료 한 병에 백 엔』이라는 문자가 적혀 있었다.

"그럼, 이만. 이제 쫓아오지 말……."

"주, 주스 마실래?"

소년은 아연한 표정을 지었다.

"아, 아니, 나는 단 건 별로 좋아하지 않아서, 마시지 않……."

"부탁이야, 한 병만! 목마르지? 그렇게나 멋지게 싸운 뒤 니까 분명 주스도 맛있을 거야! 자, 같이 마시자! 응?"

필사적으로 부탁하는 나에게, 소년은 공포심과 비슷한 표정을 지었다. 주위를 오가는 사람들도 「무슨 일이야」 하며 발을 멈췄다.

음료수를 파는 여학생은 우리의 얼굴을 번갈아 보더니 「저기, 두 병이면 되나요?」 라고 무사태평하게 말했다. 나는 지체 없이 대답했다.

"네, 두 병 주세요! 응?"

소년은 뭔가 말하고 싶은 듯 잠시 입을 빠끔거렸지만, 결 국 뭔가 포기한 듯한 표정으로 크게 한숨을 내쉬었다.

"……알았어요. 마시면 되잖아요. 마시면."

그 말에 나는 승리의 포즈를 취하고 싶어져서 견딜 수가 없었다. 아아! 해냈다! 해냈어, 타카네! 붙들었어! 이걸로 우리 부스는 명실상부한 대성공이야!

음료수를 파는 여학생은 「네, 항상 감사합니다~!」 하고 미소를 흘렸고, 발길을 멈추고 주위에 있던 사람들은 「무슨 일인지는 잘 모르겠지만 다행이네, 다행이야」 하고 박수를 쳤다.

우와, 정말 다행이다. 응, 정말로…….

……나는 왜 이렇게 필사적이 되었던 걸까.

교내 곳곳에 설치된 휴게 공간. 우리는 그 중에 현관에서 그리 멀지 않은 1층 북쪽 간이 벤치에 앉아 한숨을 돌렸다.

"······이거 엄청 맛있네요."

키사라기 신타로라는 이름의 저지를 입은 소년은 다 마신 탄산음료의 빈 용기를 바라보며 눈을 빛냈다.

마치 취향에 맞는 신상품이라도 발견한 것 같은 그 태도에 나는 고개를 갸웃했다.

"그런데 그거 보기 드문 음료수는 아닌데?"

보기 드물기는커녕 신타로가 마신 음료는「세상에서 제일 유명한 검은 탄산음료」다. 모를 리가 없다고 생각하는데.

신타로는 의외라는 듯이 얼굴을 찌푸렸다.

"물론 알고 있어요. 단 걸 별로 좋아하지 않아서 굳이 찾아서 마시지 않았을 뿐이에요."

"헤에, 그렇구나! 그럼 오늘 새롭게 발견했다는 거구나."

나는 미소 지었지만, 신타로는 시큰둥한 태도로「아, 그러네요」하고 적당히 맞장구를 쳤다.

"······그래서, 이걸 아야노에게 건네주면 되나요?"

신타로는 발밑에 놓인 예의 표본으로 시선을 떨궜다.

확실히 받아주기는 했지만, 멋대로 아야노의 이름까지 꺼낸 것은 솔직히 좀 반성하고 있었다.

"아마 기뻐해줄 거라고 생각하지만……. 미안, 혹시 필요 없다는 말을 들으면 우리가 맡을 테니까."

"아아, 그렇게 돼도 별 상관없어요. 『이상한 것』을 좋아하는 여동생이 있으니까, 그 녀석에게 주면 되요."

그렇게 말한 신타로는 일어나서 벤치 옆의 쓰레기통에 빈 용기를 던져 넣었다.

음~. 역시 이 아이, 좋은 아이구나. 왜 타카네는 그렇게 화를 냈던 걸까. 게임 실력도 보통이 아니던데, 도대체 어떤 아이일까.

신경이 쓰인 나는 살짝 물어보기로 했다.

"그건 그렇고 너 게임 잘하더라. 뭔가 대회 같은 데에 나가기도 해?"

"네? 아아, 그런 건 적당히 하는 거예요, 적당히. 순서대로 나오는 적을 쏘면 될 뿐이니까 쉽잖아요."

우와아, 이건 타카네와 상성이 나쁠 만하네. 뭐라고 할까, 물과 기름이라는 느낌.

"그, 그렇구나. 우와, 굉장하다. 그렇게 할 수 있다니…… 왠지…… 부러워, 나는 그렇게 못하니까……."

……어라, 어떡하지.

다시 조금 분한 마음이 들기 시작했어. 으으, 정말 바보 같아. 나 같은 게 흉내 낼 수 있을 리도 없는데, 부럽다니.

하지만 아아, 역시 좋겠다. 나도 신타로처럼 게임을 할 수 있으면 타카네와도…….

"네? 하고 싶으면 하면 되잖아요."

신타로는 정말 이상하다는 듯한 표정을 지으며 그렇게 말했다.

"……어?"

"아니 그러니까, 하고 싶으면 인터넷 게임이든 뭐든 좋아하는 걸 하면 되잖아요. 누군가가 못하게 하는 건 아니죠?"

"못하게 하는 사람은 없는데……."

신타로는 한숨을 한 번 쉬더니, 머리를 긁으면서 되풀이하듯이 계속해서 말했다.

"그럼 좋아하는 걸 하면 되잖아요. 뭣하면 괜찮아 보이는 게임이라도 소개해드릴…… 까요……?"

아마 내 얼굴에는 내가 생각하는 말이 그대로 드러나 있었겠지.

신타로의 「아차」 싶은 표정은, 분명 그걸 깨달았기 때문일 것이다.

오후 네 시.

학교 축제가 끝났다는 것을 알리는 안내 방송이 흐르는

것과 동시에, 나는 몸을 내밀며 큰 소리로 말했다.

"자, 잘 부탁합니다!"

"헤에~. 두 사람은 그렇게 친해졌구나. 한밤중의 교실이라니 뭔가…… 로맨틱하네."

"무, 무슨 일이 있었던 것처럼 말하지 마세요, 기분 나빠요."

"에이~ 딱히 상관없잖아~."

세뱃돈을 몇 년이나 쓰지 않았더니 꽤 많은 액수가 모여 있어서, 생각보다 더 좋은 컴퓨터를 살 수 있었다.

컴퓨터를 사용하게 되면서 새삼 실감했지만, 인터넷이라는 것은 정말 편리하다.

이렇게 전화기를 사용하지 않고도 게임을 하면서 통화할 수 있다. 게다가 무료라니, 정말 놀랍다.

신타로에게 들은 대로 프로그램을 깔고 이렇게 통화하고는 있지만, 이거 정말로 괜찮을까. 그보다 전화 회사 사람들은 일자리를 잃어버리는 게 아닐까. 조금 걱정된다.

학교 축제로부터 몇 개월 뒤.

그날 이후 나는 신타로와 함께 밤마다 온라인 게임을 하게 되었다.

이런 「컴퓨터로 하는 게임」이라는 것은 처음 해보지만, 이게 엄청 심오해서 하면 할수록 재미있었다.

게임이라고 하면 혼자서 삑삑거리며 하는 이미지가 있었지만, 온라인 게임은 전 세계 사람들이 실시간으로 대전하고 교류하는, 이른바 「전뇌 세계의 사교장」 같은 것이었다.

그 중에는 나처럼 막 시작한 사람도 있거니와 몇 년 동안이나 수행을 쌓아온 이른바 신선 같은 사람도 있었다. 얼굴도 보이지 않는 그런 사람들과 절차탁마하며 서로 경쟁한다는 것은 게임이라기보다는 흡사 다른 문화와 교류하는 것 같아서, 나는 흠뻑 빠져버렸던 것이다.

그런 이유로 최근에 나는 타카네의 홈그라운드인 『DEAD BULLET —1989—』는 물론이고 그밖에도 다양한 종류의 게임을 거의 매일 밤 플레이하고 있었다.

하나에 집중하지 않고 다양한 종류의 게임을 하는 이유는, 신타로가 「그 편이 한쪽으로 치우치는 일 없이 강해질 수 있다」고 조언해줬기 때문이었다.

실제로 그렇게 한 덕분인지 『DEAD BULLET —1989—』 에서 내 캐릭터 『코노하』의 전적은 꽤 괜찮았다. 최근에는 주위에서 살짝 치켜세워줄 정도였다.

덧붙여서 신타로는 게임을 시작하면서 극복할 수 있었던 나보다도 훨씬 「좀비를 싫어」했다. 그런 이유로 『DEAD BULLET —1989—』는 하지 않기로 했다고 한다.

"그렇다 치더라도 선배, 실력이 엄청 늘었네요. 이거 이제 웬만한 게임이라면 뭘 해도 높은 순위를 노릴 수 있을 거예요."

"어? 그, 그럴까. 우와, 역시 신타로가 잘 가르쳐줘서 그래~."

"딱히 뭔가를 가르친 기억은 없지만요. 아, 봐요 다음 『이카#4』가 왔어요."

신타로가 그렇게 말한 다음 순간, 게임 화면 중앙에 우뚝 서 있던 서양식 저택의 창유리를 깨부수며 촉수가 잔뜩 달린 몇 마리의 에일리언이 튀어나왔다.

신타로가 『이카』라고 말한 것은 이 에일리언을 뜻했다. 나는 컨트롤러를 다시 쥐며 침착하게 한 마리씩 쏘아 떨어뜨렸다.

#4 이카 '이카(いか)'는 일본어로 오징어라는 뜻.

오늘 우리가 플레이하고 있는 것은 「핼러윈」을 모티브로 한 인기 슈팅 게임 『펌프킨 슈터』이다.

마녀, 늑대 인간, 프랑켄슈타인 같은 몬스터 중에서 자신의 캐릭터를 선택해, 다가오는 대량의 에일리언과 싸운다……. 이런 왠지 잘 알 수 없는 내용이지만, 호쾌한 부분이 있어서 무척 재미있었다.

언뜻 보면 「무서운 것과 무서운 것을 합하면 엄청 무서운 것이 되지 않을까」 하는 개발자의 고지식한 생각이 보일락 말락 하는 작품이지만, 신타로 말로는 「심오하다」고 한다.

여담이지만 마스코트 캐릭터인 『펌프킨 군』은 게임을 무료로 이용하는 유저에게는 아무 도움도 안 되지만, 유료로 이용하는 유저에게는 「적진에 뛰어들어 자폭한다」는 과도한 헌신을 보여주기 때문에, 일부 유저 사이에서는 「호박 폭탄 씨」라는 애칭으로 불리고 있었다.

뭐, 그런 이야기는 제쳐두고, 그러고 보니 조금 전에 신타로가 나에게 「실력이 늘었다」고 칭찬해주었지.

신타로에게 칭찬 받다니, 이건 굉장한 일이다. 나는 견딜 수 없이 기뻐져서 다시 튀어나온 『이카』를 들뜬 기분으로 요격했다.

"이런 상태라면 이제 그 녀석에게도 이길 수 있지 않을까요. 음…… 에노모토라고 했던가요?"

"어? 아, 아니 아무리 그래도 타카네에게는 아직 이길 수 없어. 아, 하하하……."

"그럴까요. 움직임도 상당히 좋아지고 있으니까 기회는 있을 거라 생각해요. 대전 신청을 해오면 좋을 텐데."

신타로는 간단하게 말하지만, 타카네…… 아니 「에네」는 역시 비교가 되지 않을 정도로 강했다. 지금까지 있었던 대전 영상도 찾아봤지만, 아직 내 실력으로는 견줄 바가 되지 못했다.

그러나 타카네가 아무리 강하다고 해도 「대전할 수 없는」 것은 아니다. 지든 어떻게 되든 싸우는 것 자체는 가능한 것이다.

하지만 나는 아직 타카네에게 대전을 신청할 생각은 없었다. 왜냐하면…….

"그거죠. 『약하다고 생각되면 더 이상 대전해주지 않을 테니까』라고 생각하는 거죠?"

정답. 이카가 눈앞에서 촉수를 이용해 내 심장을 움켜쥐는 느낌이다.

"뭐, 뭐어 그런…… 의미도…… 있지만……. 쾌, 괜찮아! 내 속도에 맞춰 때가 되면 부탁할 테니까! 내버려둬!"

"예이예이, 뭐, 제가 알 바 아니지만요…… 어이쿠. 또 다음 이카가……."

신타로가 말을 꺼냈을 때, 찰칵 하고 문을 여는 소리가 들렸다. 내 방에서 나는 소리는 아니었다. 헤드폰 너머에 있는 신타로의 방에서 나는 소리였다.

뒤이어 어떤 여자아이의 목소리가 들려와서, 나는 살짝 긴장해버렸다.

"……오빠, 잠깐 괜찮아?"

"바, 바보야 들어올 때는 노크하라고 했잖아! 게다가 지금은 좀 바빠서……."

"아! 이카 잡고 있구나! 좋겠다~. 나도 이카 잡고 싶어~!"

아아, 이 아이가 소문으로 듣던 신타로의 여동생인가! 분명, 으음 『이상한 것』을 좋아하는…….

"역시 이카 귀엽다~."

여동생인 게 틀림없다.

하지만 도대체 무슨 일일까. 신타로에게 뭔가 볼일이 있는 걸까.

나는 신타로에게 「통화 종료해도 돼」 라고 말했지만, 아무래도 신타로는 헤드폰을 벗었는지 아무 대답이 없었다.

"지금 다른 사람이랑 같이 하고 있거든. 시끄러우니까 저리 가."

"뭐, 뭐야, 그렇게 다른 사람이랑만 하고. 나랑은 절대 같이 안 해주면서……."

"그도 그럴 게 너는 지면 귀찮게 굴잖아. 울고 때리고……

그런 녀석이랑 게임을 하는 게 즐겁겠냐."

어라. 신타로, 그건 말이 조금 지나친 거 아닐까?

아니나 다를까 여동생의 목소리는 울먹이는 소리로 바뀌었다. 말투는 거칠지 않았지만, 역시 조금 화가 난 느낌이었다.

"그, 그럼 나 이제 오빠랑은 더 이상 게임 같이 안 할 거야. 평생 같이 하나 봐라."

"오 그래, 좋을 대로 하면 되잖아. 나야말로 『같이 해줘』라고 부탁해도 너랑은 두 번 다시 같이 안 할 테니까."

뭐?! 시, 신타로 그건 조금 너무해! 여동생이 울겠어!

어떻게 되려나 싶어서 가만히 듣고 있으니, 여동생은 두 번 정도 코를 훌쩍이다가 기어들어갈 듯한 목소리로 엄청난 말을 꺼냈다.

"……사, 사실은 오늘 하굣길에 게임 센터에 들렀어. 게임 연습을 하려고. 그랬는데 거기 점장이 「다음 주말 이벤트에 나와 줘」라면서 「목소리가 귀여우니까 인기 많을 거야」라고 말하길래…… 좀 무서워져서 오빠에게 물어봐야겠다 싶었는데……."

"뭐?! 그, 그게 뭐야! 무대 위에 오른다는 거야? 너 그런 건 당연히 안 되……."

"하, 하지만 나 이미 나가기로 했는걸! 오빠가 무슨 말을 하든 이제 안 들을 거야!"

그 말에 이어서 문이 세차게 쾅 하고 닫히는 소리가 울려 퍼졌다.

신타로는 마지막으로 「야, 모모!」 하고 말을 걸었지만, 대답 소리는 들리지 않고 잠시 정적이 흘렀다.

여기서는 쫓아가려나? 그렇게 생각했지만, 들려오는 소리로 봤을 때 신타로는 갈팡질팡 고민하는 모양이었다.

잠시 기다리자 「앗」 하는 소리가 들려왔다. 이제서야 아직 통화 중이라는 사실을 깨달은 모양이다.

"……죄송해요. 통화 중이라는 걸 깜빡 했어요."

"아, 괜찮아, 괜찮아, 신경 쓰지 마. 그보다도 여동생……."

잠시 생각에 잠겼는지 대답이 돌아오지 않았다. 나는 무심코 말을 계속했다.

"저기, 부모님께 상담해보는 편이 좋지 않을까……?"

아까 들은 이야기로 보건대, 그렇게 하는 편이 적절해 보였다.

하지만 신타로는 「아니오」 하고 서두를 꺼내더니 대답했다.

"저 녀석이 게임 센터에 갔다는 걸 부모님께 말씀드리면, 아마 저 녀석 외출 금지 당할 거예요. ……애초에 제가 저 녀석에게 신경 썼으면 이런 일은……."

신타로는 무척 진지한 상태인 것 같았지만, 나는 왠지 안

심했다고 해야 할지, 감탄해버렸다.

우와 신타로, 이러니저러니 해도 오빠 노릇 제대로 하는구나.

"그렇구나. 그럼……우리가 어떻게 하는 수밖에 없겠네."

"……네?"

나는 게임 플레이 화면을 닫고 달력을 들어올렸다. 다음 주말의 날짜를 확인한 다음, 인터넷 창을 띄웠다.

검색어로 날짜와 지역 이름, 그리고 「게임 센터」와 「이벤트」를 집어넣은 다음 클릭했다.

……해당하는 항목은 하나뿐이었다. 으음~ 정말 컴퓨터란 편리해.

"좋아, 신타로. 다음 주말에 게임 센터로 가볼까."

*

"……아아! 선배, 있어요! 저기에요!"

"어?! 어디어디?"

"자, 저기요! 저…… 부, 부근…… 으윽……."

신타로는 사람들 사이로 얼굴을 내밀며 어떻게든 한 곳

을 가리키려고 노력했지만, 인파에 떠밀려서 어디를 가리키는 건지 전혀 알 수가 없었다.

나조차도 서 있는 것이 고작이니, 나보다 키가 작은 신타로에게는 분명 괴로운 상황이겠지.

그렇다 치더라도 내가 생각했던 「게임 센터」란 것은 좀더 「아담」하다고 할까, 어린 아이들이 백 엔 동전을 쥐고 뛰어다니는 이미지였지만, 아무래도 잘못 알고 있었나 보다.

사람, 사람, 사람, 사람, 게임 기계, 사람, 사람, 사람······.

아니, 도대체 뭐야 여긴?! 정말 게임 센터 맞아? 오히려 「사람 센터」라는 느낌인데······.

"······아아, 놓쳤다! 제길, 왜 이렇게 사람이 많은 거야······ 아얏! 아아, 모서리에 걸렸어요, 아뇨, 저야 말로 죄송합니다······."

사과하면서 결국 인파에 휩쓸려가는 신타로. 이런 곳에서 잃어버리면 정말 오늘 중으로 다시 만나기는 어렵겠지.

나는 허둥지둥 외쳤다.

"신타로?! 어디 있어? 신타로?"

신타로는 간신히 인파 속에서 탈출한 뒤, 푸핫 하고 숨을 토했다.

"으아아! 뭐야 정말! 그보다 너무 촐랑거리지 마세요! 선배는 키가 크니까 절대로 잃어버릴 리 없다니까요."

확실히 평소에는 키 작은 아이들이 무서워하거나, 천장에 부딪치곤 해서 아무 도움도 안 되던 내 키가 이럴 때는 도움이 되었다.

　살짝 발돋움을 해서 주변을 둘러보았다. 신타로가 가리키고 있던 것은…… 메인 무대 쪽인가. 확실히 저 부근에 모모가 있을 것 같은데…….

　"선배, 이거 정말 큰일이에요. 이렇게 많은 사람들 앞에서 무대 위에 올라간다면, 모모 녀석……."

　신타로는 걱정스러운 듯이 머리를 감싸 쥐었다.

　"그, 그러네. 조금 일이 커지겠는걸. 음, 이벤트 시작 시간까지 앞으로…… 20분."

　"앞으로 20분이요?! 아, 으아아…… 모, 모모─! 모모─!"

　"와! 시, 신타로 진정해! ……아! 죄송합니다, 괜찮아요! 아뇨, 수상한 사람은 절대─."

　신타로의 여동생 모모가 출연자로 나가게 된 것은, 이 주변에서도 굴지의 규모를 자랑하는 대형 게임 센터의 큰 이벤트였다.

　아무래도 오늘 이벤트는 우리도 하고 있던 『펌프킨 슈터』의 아케이드판 대회인 듯, 센터 안은 일종의 축제 같은 분위기였다. ……아니, 분위기라고 할까, 장내는 완전히 『축제』
상태였다.

게다가 오늘 이벤트에는 게임의 모티브에서 따온 건지 「핼
러윈 분장을 한 사람만 입장할 수 있다」는 엄청난 제한이
있었던 것이다.

실제 핼러윈 기간도 아니고, 솔직히 그렇게 하면서까지 참
가하는 사람이 많을까 싶었는데……. 끙, 뭐야 이 인파
는…….

세상에는 아직 내가 모르는 일이 잔뜩 있구나, 하고 절실
히 생각했다.

그런 이유로 현재 이 회장에 있는 사람은 모두 다 어떤
「괴물」로 분장하고 있었다.

물론 오늘 일을 사전에 미리 조사했던 나와 신타로도 일
단 분장을 한 상태였다. 신타로는 「흡혈귀」고 나는 「프랑켄
슈타인」이다. 조금 전에 둘이서 사진을 찍고 확인해봤지만,
솔직히 너무 잘 어울려서 무서웠다.

하지만 가게 앞에서 게임을 하고 있던 여자아이에게 이
정도 수준의 이벤트에 나와 달라고 부탁하다니, 여기 점장
은 도대체 무슨 생각을 하고 있었던 걸까.

그렇지 않으면 모모는 순식간에 사람을 매료하는 특수한

능력이라도 갖고 있는 걸까. 으음~ 수수께끼다.

뭐, 모모의 착각이었다는 가능성도 물론 생각할 수 있지만, 만약 그렇다 오히려 아무 문제도 없다. 신타로가 데리고 돌아가면 그만이다.

하지만 만에 하나, 예를 들어 사회를 담당하게 된다든가 하는 일이 벌어지면, 조금 걱정이다. 물론 내용에 따라 다르지만, 최악의 경우 보호자나 경찰 쪽으로 연락이 갈지도 모른다.

어느 쪽이든 큰일이 나기 전에 모모를 찾지 않으면…….

"서, 선배…… 목마르지 않으세요……."

내가 두리번거리고 있을 때, 신타로가 모기 소리만 한 목소리로 말했다.

인구 밀도가 몹시 높은 회장 안은 열기도 굉장했다. 신타로의 기분도 이해는 하지만…….

"응, 목마르긴 한데…… 저기 저 줄을 봐봐! 저거 아마 음료수를 사려면 30분 정도 기다려야 할 걸……!"

"히익…… 좀 봐줘어……."

신타로는 힘없이 고개를 숙였다. 그 눈에는 이미 빛이 없었다. 아아, 이대로라면 모모 운운하기 전에 신타로에게 큰일이 나겠어.

하지만 그렇지 않아도 사람도 많은데다가 전원이 분장까지 하고 있어서 도무지 사람을 찾을 방도가 없었다.

나는 문득 조금 전 신타로의 말을 떠올렸다.

"신타로, 조금 전에 여동생을 찾았다고 했지."

"네, 분명히 여동생이라고 생각했는데요……."

"그렇다는 건 여동생이 무엇으로 변장했는지 알고 있다는 거지? 나도 찾아볼 테니까 알려줘!"

하지만 신타로는 고개를 갸웃했다.

"아뇨, 모모가 무엇으로 변장했는지는 몰라요. 애초에 저는 그날 이후로 한 번도 보지 못했고……."

"뭐? 하지만 그럼 어떻게 이 인파 속에서 여동생을 알아본 거야?"

"아아, 간단해요. 가장 이상한 모습을 하고 있는 녀석을 찾으면 되거든요."

신타로는 「당연하잖아요」라고 말하는 듯한 표정으로 그렇게 말했다.

「가장 이상한 모습」이라니, 사람마다 판단 기준이 다른데 정말 그런 게 여동생을 찾는 실마리가 될까?

나는 대답할 말을 찾지 못하고 일단 둘러보았지만, 그야말로 주변 일대가 이상한 모습을 하고 있는 사람투성이었다.

이 속에서 「가장 이상한 모습」을 한 사람을 찾으라니, 그런 터무니없는…….

……뭐지, 저 이상한 모습.

"……차, 찾았어! 시, 시, 신타로. 굉장히 이상한 모습을 한 사람이 있어. 저, 저거 어떻게 된 거야? 머리에 돼지 다리가 달려 있는데……."

"아아! 감사합니다, 저 녀석이에요! 좋아, 일단 가볼까요."

"가는 거야? 저 사람 근처로?"

틀림없이 「킹 오브 이상한 모습」이라고 말해도 과언이 아닐 정도의 분장을 보고, 나는 온몸에 오싹 소름이 끼쳤다.

뭔가 저건 이미 마술이나 주술 같은 영역이야. 다가가는 것만으로도 저주를 받아 죽을 것 같아.

내가 주저하는 동안에도, 신타로는 인파를 헤치며 쓱쓱 나아갔다. 가만히 서 있기만 해도 소용이 없기 때문에, 나도 일단 따라가기로 했다.

겨우겨우 10미터 정도 나아갔을 무렵, 갑자기 주머니에 넣어둔 핸드폰이 울렸다.

인파 속이라 주머니에 손을 넣는 것도 힘들었지만, 어떻게든 핸드폰을 들고 화면을 보니 수신 항목에 타카네의 이름이 있었다.

무슨 일일까 생각하면서 핸드폰을 귀에 댔다.

"네, 여보세요."

"아~ 여보세요, 하루카? 어라, 뭔가 시끄러운데."

보다시피 이런 인파 속이다. 회장 안에 울려 퍼지는 배경음악까지 거들어서 주위는 몹시 시끄러웠다. 나는 되도록 주위의 소리가 들어가지 않도록 송화구에 손을 가져갔다.

"미안, 미안. 그래서 무슨 일이야? 뭔가 볼일이라도?"

"아니, 오늘 말이야, 아야노의 생일인데…… 너 알고 있었어?"

그건 처음 듣는 소리였다.

"아니, 전혀 몰랐어. 그보다 타카네야 말로 잘 알고 있네."

"그치. 실은 우리들 최근에 문자를 주고받는 사이가 됐거든~. 에헤헤."

타카네는 무척 기분이 좋아보였다. ……뭐랄까 「문자를 주고받는 사이」라니 오랜만에 듣네.

"그래서 말이지. 오늘 잠깐 만나서 축하해줄까 싶은데, 넌 오늘 다른 일정 있어?"

"어?! 오늘은 저기……."

그대로 「신타로랑 놀러 왔어」 라고 말하면 편하겠지만, 타카네와 신타로는 견원지간이다. 대화의 흐름에 따라 가볍게 말해버리면, 좋지 못한 사태가 일어날 것이 틀림없다.

타카네의 말투로 보건대 분명 생일 파티에 놀러오라는 거겠지. 모모의 일이 해결된 뒤에야 참가할 수 있겠지만, 지금 단계에서는 언제 참가할 수 있을지 모르겠다.

아아, 어쩌지, 뭐라고 말하면……!

"……미, 미안, 잠시 쇼, 쇼핑하러 나와서."

"뭐, 뭐야 그 이상한 말투는……. 뭐, 됐어. 알았어."

아아, 바보 같은 거짓말을 해버렸어! 타카네, 미안해!

하, 하지만 어쩔 수 없지. 사실을 말한다면 타카네는 반드시 기분 나빠할 테니까.

"아아, 그렇지. 하나 더 묻고 싶은 게 있는데, 괜찮아?"

"힉?! 뭔데?"

"아니. ……그 녀석 있잖아, 그 녀석."

타카네는 살짝 목소리 톤을 낮추고 말하기 시작했다. 이렇게 부른다는 것은 아마 신타로를 말하는 거겠지. 나는 그럴 거라 생각해서 고개를 끄덕였다.

"응, 신타로가 왜?"

"아니, 왠지 아야노가 전에 그 녀석에게 용기내서 생일이라고 이야길 했대. 오늘도 뭔가 굉장히 안절부절 못하기에 안쓰러워져서 말이야. 뭐, 아무래도 잊었을 리는 없겠지만, 선물은 제대로 준비했나 싶어서~. 너 뭔가 들은 거 없어?"

……신타로, 오늘 여기에 온 걸 보면 분명 준비하지 못 했겠지.

"나, 나는 잘 모르겠는데? 응, 나는 모르겠어!"

"……아 그래. 뭐 알 리 없나. ……오오, 도착했다, 도착했어."

도착했다? 어디로 외출이라도 한 건가. 그러고 보니 그렇게 생각해서 그런지, 타카네 쪽도 조금 소란스러워 보였다.

"그럼, 나는 아야노랑 놀고 올게. 후후, 쇼핑가는 바람에 손해 봤네, 하루카. 한가했으면 너도 부운명 가고 싶어질 만한 곳에 데려가줬을 텐데~."

"어? 아, 아하하. 다음에 데려가줘~."

내가 죄책감에 시달리며 그렇게 말하자, 타카네는 마지막으로 「싫은데」라고 말한 뒤, 전화를 끊었다.

긴장의 실이 풀린 나는 무심코 몸을 이완시켰다.

아아, 왜 거짓말 같은 걸 했을까. 들키지만 않으면 되는 문제가 아니잖아.

아무튼 모모의 일을 빨리 해결하고 축하하러 가자. 조금 늦어지더라도 아야노의 집은 알고 있으니까…….

그런 생각을 하면서 나아가자, 마침 이벤트 메인 무대 옆에 있는 벽 쪽에서 신타로가 무슨 일인지 고개를 숙이고 있는 모습이 보였다.

허둥지둥 가까이 다가가자, 아무래도 신타로는 이벤트에 사용할 조명 도구의 전원 코드를 실수로 뽑아버린 모양이었다.

다행히 큰일은 없었던 것 같지만, 지나가던 관계자에게 살짝 주의를 받고 있는 것 같았다.

하지만 나는 사과하고 있는 신타로보다도, 그 옆에 선 채 계속해서 신타로에게 차가운 시선을 보내고 있는 소녀 쪽으로 눈길이 갔다.

돼지의 다리 같은 것이 달려 있고, 복장도 조금 전에 본 모습과 일치한다. 모모다.

관계자가 떠나자, 모모는 신타로에게 다가가 뭔가 이야기를 하는 것 같았다.

신타로는 무슨 말을 들었는지 무척 슬픈 표정을 지었고, 모모는 가만히 선 신타로를 남겨둔 채 인파 속으로 사라져버렸다.

나는 신타로의 곁으로 달려가 어깨를 두드렸다.

"신타로, 괜찮아?"

"아아, 선배⋯⋯. 저 저질러버렸어요⋯⋯."

조명 도구를 말하는 거겠지. 그 때문에 모모가 신타로에게 차갑게 굴었다는 것은 들을 필요도 없었다.

"자자, 그건 어쩔 수 없는 일이었잖아. 그래서 잠시 이야기를 나눴던 것 같은데, 모모는 뭐라 그래?"

신타로는 생기를 잃은 표정으로 입술을 겨우 움직였다.

"「왜 일부러 찾아와서 쓸데없는 짓을 하는 거야? 이제 오빠라고도 부르지 않을 거야』라고…… 하하. 웃기죠……."

신타로는 그렇게 말하더니 새하얗게 불태웠다고 말하듯
이, 벽에 등을 기대며 주저앉았다.

"저는…… 이제 오빠가 아니에요. 어쩐지 믿을 수가 없어
요. 아아…… 선배. 저는 지금 어떻게 보이나요?"

으음…… 응. 좀 기분 나쁘게 보여, 신타로.

"아아, 이제 다 틀렸어. 선배도 부디 앞으로 저를 『오빠가
아니게 된 신타로』라고 불러주세요. 하하……."

아니, 그런 호칭은 절대로 싫어. 절대로 부르고 싶지 않아.

그렇다 하더라도 신타로, 의외로 여동생을 많이 아끼는구
나. 나는 형제가 없어서 잘 모르겠지만, 소중한 여동생에게
그런 말을 들으면 역시 괴롭겠지.

나는 신타로의 곁에 웅크리고 앉아 미소를 지었다.

"하지만 봐봐, 이런 곳에 주저앉아 있어도 소용없어. 게다
가 모모를 어떻게든 설득하지 않으면……."

"아, 그거 말인데요, 우리가 착각했던 모양이에요. 보세
요, 저거……."

신타로가 그렇게 말하며 가리킨 메인 무대를 바라보자,
무대 옆에서 바니걸 옷을 입은 섹시한 누님과 호박 폭탄 씨
라고 불리는 펌프킨 군이 등장했다.

바니걸 의상을 입은 누님은 무대 중앙에 서더니, 경쾌한 말투로 이벤트 참가의 마지막 권유를 시작했다.

퍼뜩 정신이 들어 시간을 보니, 이벤트 시작까지 이제 10분 정도밖에 남지 않은 상황이었다.

하지만 신타로가 말한 것처럼, 무대에 모모가 등장할 여지는 없어보였다. 역시 이벤트 출연을 의뢰받았다는 것은 모모의 착각이었던 걸까…….

내가 잠시 생각에 잠겨 있을 때, 갑자기 호박 폭탄 씨가 「펌프킨!」 하고 말하면서 깜찍한 포즈를 취했다. 관객들은 「귀여워~!」 하고 소리를 질렀다.

……어라, 지금 나온 호박 폭탄 씨의 목소리, 어딘가에서 들은 적이 있는데.

"모모의 역할은 저 펌프킨의 구호만 녹음하는 거였대요. 마침 주위에 목소리 좋은 사람이 없었던 모양이라."

과연. 출연이라는 건 「목소리 출연」이었구나.

그렇다면 우리가 걱정했던 모모의 무대 출연 건은 별다른 문제가 없었다는 것이 된다.

그렇지만…… 역시 조금 이상하다. 세상에는 그야말로 성우라는 직업도 있다. 느닷없이 일반인인 모모에게 의뢰를 한다는 것은 도리에 맞지 않는 것 같은데.

석연치 않아 하는 내 모습을 눈치챘는지, 신타로는 천천히 이런 말을 했다.

"이런 이상한 일이 일어나는 건 자주 있는 일이에요. 저 녀석은 평범하지 않거든요."

거기까지 들으면 나쁜 의미로 받아들일 수 있을 법한 말이었지만, 신타로의 말투에 비아냥거리는 느낌은 없었다.

그렇다. 조금 전에 모모를 찾고 있을 때도, 신타로는 당연한 것처럼 모모의 「특이성」을 특징으로 꼽았다. 어쩌면 신타로의 말처럼 두 사람 사이에는 이런 일이 일상일지도 모른다.

어쨌든 그것은 내가 알 길이 없었다. 신타로도 이 이상 이야기할 생각은 없어보였기에, 나는 이상하게 생각하던 것을 멈추고 일어섰다.

"아무튼 큰일이 일어나지 않아서 다행이야. 그럼 이제 어떡할까?"

"아아, 저 때문에 내내 끌려다니셨잖아요. 이제 선배 마음대로 하세요. 저는……."

신타로는 그렇게 말하더니 벽에 머리를 쿵쿵 찧기 시작했다.

"저는 이제 오빠 자리도 사퇴했으니 벽이라도 되려고요. 하하, 이 녀석 딱딱하네. 이 자식."

이거 큰일이다. 이대로라면 모모와는 전혀 상관없이 경찰이 찾아올 것 같다.

그보다 신타로, 이러는 걸 보니 오늘이 아야노의 생일이라는 걸 완전히 까먹었구나. 벽이 되는 것만 생각하고 있어.

아아, 어쩌지, 이대로 방치한 채 돌아갈 수도 없는 노릇이고.

그렇게 곤란해 하고 있을 때, 별안간 회장에 한층 더 커진 환성이 울려 퍼졌다.

드디어 **그 녀석**이 폭발이라도 한 걸까 싶어 무대 쪽을 바라보니, 호박 폭탄 씨의 옆쪽으로 거대한 「이카」 피규어가 등장했다.

피규어에는 「우승 상품」이라고 적힌 어깨띠가 둘러져 있었다. 어쩜 저렇게 센스 없는…… 이라고 생각했을 때, 내 머릿속에 모모의 말이 스쳐지나갔다.

"저, 저기 신타로! 저걸 선물로 주면 모모가 기뻐하지 않을까?"

내 말에 신타로는 벽이 되는 것을 멈추고 허둥지둥 무대를 확인했다.

"확실히 그럴지도…… 모모 녀석, 저 캐릭터를 엄청 좋아하니까……."

아케이드판 『펌프킨 슈터』는 태그 매치 방식의 건슈팅 게임이다. 우리 두 사람은 경험도 있으니 콤비로 나가면 우승을 노릴 수 있을지도 모른다.

그렇게 생각하니 가슴이 두근거리기 시작했다. 그래, 대회 같은 건 좀처럼 나갈 수 있는 게 아니야. 모처럼 여기까지 왔으니까 나간다고 해서 벌을 받지는 않을 것이다.

"신타로, 같이 나가자! 이 기회를 놓칠 수는 없잖아!"

"그러네요. 선배만 괜찮다면 부디…… 웃, 아야야."

일어선 신타로는 그렇게 말하더니 손을 흔들었다. 아무래도 조금 전에 조명 도구에 발이 걸렸을 때, 넘어지면서 손목을 삔 모양이었다.

"괘, 괜찮아?"

"아아, 이런 건 정말 아무렇지 않아요. 그보다 얼른 신청하지 않으면……."

신타로가 말한 대로 이벤트 개시까지 이제 5분도 남지 않았다. 나와 신타로는 어쨌든 해보자는 생각으로 인파 속으로 뛰어들었다.

접수처는 입구 부근에 있었을 것이다. 서두르면 제시간에 맞출 수 있다.

가는 도중에 스쳐지나간 「마녀로 꾸민 여자아이 2인조」에, 나는 어쩐지 기시감을 느꼈지만 커다란 모자 때문에 얼굴이 보이지 않아서 크게 신경 쓰지 않았다.

*

"아프다, 아파, 이제 돌아가고 싶어."

손목을 어루만지던 신타로가 울 것 같은 목소리로 그렇게 말했다. 나는 작은 소리로 대답했다.

"시, 신타로, 힘내자. 모처럼 결승까지 왔으니까……."

형형색색의 조명이 어지러이 비추는 메인 무대에서는 이제 곧 결승전이 시작되려고 했다.

바니걸 차림의 누님과 호박 폭탄 씨가 관객들의 호응을 팍팍 이끌어내는 동안, 대전 상대 두 사람을 포함해 우리 넷은 무대 중앙에 옆으로 나란히 서 있었다.

신타로와 나 두 사람이 이 무대 위에 서 있다는 것은, 뭐라고 할까…… 정말 기적 같은 일이었다.

보다시피 손목을 다친 신타로는 중간부터 제대로 싸울 수가 없어서, 대전 상대 두 사람을 나 혼자서 상대하는 구도가 되었으니까.

하지만 그런 상황이었음에도 불구하고, 대전 상대들이 우연히 실수를 연발하거나 갑자기 배탈이 나는 일들이 겹쳐서 우왕좌왕하는 사이에 우리가 결승전에 올랐던 것이다.

우와 정말, 우연이라는 것은 무섭다. 응, 정말로 무서워.

우리 옆에 선 결승전의 대전 상대. 마녀 분장을 한 타카네와 아야노의 모습을 곁눈으로 보면서, 나는 우연의 무서움이라는 것을 뼈저리게 통감하고 있었다.

준결승전을 관전했을 때, 타카네와 아야노가 참가했다는 것을 알게 된 우리는 매우 당황했다.

그야 그럴 만도 하다. 사정이 있다고는 해도 아야노의 생일 당일에 거짓말을 하고 게임 대회에 참가하고 있다는 것을 들킨다면 그냥 넘어가지는 않겠지.

그야말로 마녀의 힘 같은 것으로 개구리로 변신하게 되더라도, 아무 불평도 할 수 없을 것이다. 나는 차라리 이대로 돌아갈까 생각했지만, 넌지시 그런 말을 해봤더니 신타로가 다시 벽이 되려고 했기 때문에 어떻게든 버텼던 것이다.

어쨌든 두 사람에게 모습을 들키면 곤란하다. 하지만 모모와 신타로의 관계를 이대로 둘 수도 없었다.

그 결과 우리에게 남겨진 길은 「두 사람에게 들키지 않도록 우승한다」라는 풀 한 포기 자라지 않는 가시밭길뿐이었다.

「두 사람에게 들키지 않도록」이라는 부분은 다행히 주위가 가장 대회 같은 느낌이었기 때문에, 회장에서 빌려주고 있던 가면을 쓰는 것으로 어떻게 해결할 수 있었다.

물론 들키면 바로 아웃이지만, 실제로 이렇게 옆에 나란히 서 있어도 타카네로부터 킥이 날아올 기색이 없으니까, 뭐, 괜찮을 거라고 생각한다.

하지만 이 가면이라는 것이 「가면무도회」에나 쓰고 나갈

법 할 정도로 화려했기 때문에, 이따금 타카네 쪽에서 들려오는 「옆 사람들 모습, 너무하지 않아?」, 「타카네 언니, 들리겠어요…… 후훗」이라는 말에 우리의 멘탈은 조금씩 깎여나갔다.

"어, 어째서 이 녀석들까지 참가한 거야……."

신타로는 계속해서 울 것 같은 표정을 지으며 작은 목소리로 투덜거렸다.

신타로는 원래 수트를 입은 흡혈귀로 분장하고 있었던 탓에, 가면을 쓴 지금의 모습은 흡사 턱시도 차림이 유명한 예의 그 인물 같았다.

한편 나는 프랑켄슈타인 복장에 가면을 쓰고 있기 때문에, 뭔가 정말 위험해 보이는 2인조였다.

호박 폭탄 씨에 의해 길었던 호응 유도 시간도 끝나고, 드디어 대전할 시간이 찾아왔다. 양 팀은 서로 마주 보도록 배치된 기계로 안내 받아서 자리에 앉았다.

마침 자리는 내 맞은편에 타카네가, 신타로의 맞은편에는 아야노가 앉도록 배치되었다.

물론 정면에는 기계의 모니터가 있기 때문에 타카네의 모습은 보이지 않았지만, 아야노와 잡담을 나누는 그 목소리는 어딘가 즐거워 보였다.

그런 목소리를 들으면서 의자에 깊숙이 앉아 권총 형태의 컨트롤러를 잡았을 때, 나는 문득 깨달았다.

"……시, 신타로."

"으으, 아프다 아파…… 네? 뭐라고 하셨어요?"

"나, 나 타카네랑 싸우는 거 처음이야……!"

눈앞의 대전 상대석에 바로 그 『에네』가 있다. 그렇게 생각하자 기쁨과 두려움이 뒤섞인 기분이 들어서, 나는 견디지 못하고 손을 떨었다.

「우승도 노릴 수 있다」고 가볍게 말했지만, 터무니없다. 이 아이가 상대라면 이야기가 다르다. 쓰러뜨리기는커녕 제대로 싸울 수 있을 지조차 알 수가 없었다.

아니, 안 돼. 내 개인적인 사정 때문이었다면 져도 상관없지만, 적어도 이번에는 질 수 없어. 그래. 어떻게든, 어떻게든 하지 않으면…….

"……괜찮아요, 선배."

고개를 돌리자 신타로가 통증을 참으면서 나를 바라보고 있었다.

신타로는 나와 시선을 맞춘 다음에 「평소처럼만 하면 반드시 이길 테니까, 힘내죠」 라고 말하며 웃었다.

그것만으로도 나는 긴장이 스윽 풀리는 듯한 기분이 들었다.

"……고마워, 힘내자."

아아, 어쩌면 이것은 흔히 말하는 청춘이라는 것이 아닐까.

우리가 가면을 쓴 변태 같은 차림만 아니었다면, 진심으로 그렇게 느꼈을지도 모른다. 애석하다.

바니걸 누님이 신호를 보내자, 회장 안이 단숨에 어두워졌다.

대전자석 쪽에서는 「이기자~」, 「오~」 하는 두 사람의 부드러운 구호 소리가 들려왔다.

아니. 두 사람에게는 미안하지만, 공교롭게도 우리도 질 수 없어.

우리는 마지막으로 얼굴을 마주보며 이렇게 말했다.

"반드시 이기자, 신타로."

"넵."

*

만면에 미소라는 것은 이런 미소를 말하는 것이겠지.

그렇게 생각하게 만들고도 남을 정도로, 모모는 기쁜 듯이 웃고 있었다.

"저기 있지, 오빠. 이거 정말 내가 가져도 되는 거야?"

"몇 번이나 말하게 하지 마. 자, 선배에게 제대로 인사해."

그 말에 모모는 나를 돌아본 뒤에 「고맙습니다!」 라고 말하면서 머리를 깊이 숙였다.

　나는 멋쩍은 기색으로 「됐어, 됐어」 라고 말하며 마주 웃었다. 정말 내가 인사를 받다니 당치도 않다. 왜냐면 오늘의 가장 큰 공로자는 통증 속에서도 끝까지 컨트롤러를 쥐고 있었던 신타로니까.

　그리고 그 결과, 지금 모모가 안고 있는 「이카」를 얻었다. 내가 인사를 받다니, 말도 안 된다.

　분장을 지우고 사복으로 갈아입는 데 시간이 조금 걸렸지만, 우리는 아직 날이 밝을 때 밖으로 나올 수 있었다.

　근처 역으로 이어지는 길에는 분장했던 흔적이 남아 있는 사람들의 모습도 보였지만, 역시 조금 쑥스러운 모양이었다.

　"아무리 그래도, 하루카. 사정이 있으면 제대로 이야기를 했어야지! 다음에 또 거짓말하면 절대로 용서하지 않을 테니까."

　타카네는 그렇게 말하며 나를 째릿 노려보았다. 아아, 말씀하신 대로입니다. 드릴 말씀이 없습니다. 정말 두 번 다시 거짓말하지 않겠습니다.

　"자 자, 타카네 언니. 이제 됐잖아요. 그 덕분에 이렇게 만날 수 있었으니까요."

한편 아야노는 신타로와 만난 것은 물론, 모모에게 자기 소개를 할 수 있었던 것이 몹시 기뻤는지 매우 기분 좋아보였다.

　하지만 타카네는 찜찜한 표정을 지으며 고개를 끄덕이려고 하지 않았다.

　"그건 그렇지만……. 그보다 나는 애초에 이 녀석과 노는 것을 숨겼다는 게 마음에 안 들어!"

　타카네는 신타로를 가리키는 것과 동시에 째려보는 대상을 신타로로 바꿨다.

　신타로도 「이쪽도 마찬가지다」라고 말하는 듯이 마주 노려보았다.

　"아앙? 너 **그거**잖아. 선배에게 진 것이 분해서 트집 잡고 싶은 거지?"

　"하아?! 그럴 리 없잖아? 애초에 그런 건 졌다고 하지도 않거든! 하루카 녀석이 갑자기 내 이름을 부르니까 깜짝 놀랐을 뿐이지…… 그리고 그런 말을 하는 너야말로 아야노에게 엄청 당했잖아?!"

　"손목을 다쳤으니까 어쩔 수 없잖아! 그보다~ 결과적으로 이긴 건 우리니까 불평하지 마! 꼴사납긴."

　불꽃을 파직파직 튀기면서 말싸움하는 두 사람을 멍하니 바라보는 모모.

　아야노는 이건 안 되겠다 싶었는지 「모모는 어떤 음식 좋아해?」 같은 맥락 없는 질문을 던졌다.

하지만 모모는 잠시 생각한 다음 「마른 멸치」라는, 마찬가지로 아야노를 곤란하게 만드는 대답을 하는 것이었다.

우리는 소란스럽게 떠들면서 곧장 타카네의 집으로 향했다.

오늘은 이제부터 아야노의 생일 축하 파티를 할 예정이었다. 그렇다고는 해도 아야노를 너무 늦게 집으로 돌려보내면 코스케와 다른 동생들에게 미안하다.

잠시 수다를 떨 정도의 시간을 보내고 해산해야겠지…….

문득 깨달았다.

아야노의 생일을 축하할 수 있는 건 오늘이 마지막이다. 그래, 내년에는 축하해줄 수 없는 것이다.

아아, 왜 잊고 있었을까. 이상하네. 나 지금 「이런 것」이 계속 이어질 거라 생각했어. 이제까지 이런 적은 없었는데, 어째서…….

……안 돼, 쓸데없는 생각하지 마. 어쩔 수 없으니까.

별안간 타카네가 내 옆구리에 펀치를 날려서 그만 까무러칠 뻔 했다.

아무래도 내가 뭔가를 못 듣고 넘긴 모양이다. 불만스러

운 듯이 볼을 부풀리는 타카네에게 나는 쓴웃음으로 대답
했다.

그걸 보고 아야노도 쿡쿡 웃었다. 신타로도 이러니저러니
해도 즐거워 보였다.

그래, 생각하지 마. 지금 눈앞에 펼쳐지고 있는 이 광경을
그저 음미하는 거야.

나는 자신에게 들려주듯이 그런 생각을 하며, 웃는 얼굴
로 발을 내디뎠다.

그렇다.

훨씬 전에 눈앞을 완전히 덮어버린 절망으로부터 필사적
으로 눈을 돌리면서…….

한 줄기의 비행기구름이 하늘 저편으로 뻗어 있었다.

창문너머로 보는 바깥 풍경은 투명한 파란색과 상쾌한 초록색이 대비를 이루고 있었다.

시끄러울 정도의 매미소리가 기분 좋게 들렸다. 어느샌가 계절은 완연한 여름으로 접어들었다.

그 날 이후로 시간이 얼마나 흘렀을까. 그 아이와 처음 게임을 했던 그날 이후로……

……요즘 들어 더 심해졌는걸. 날이 갈수록 멍하니 있는 시간이 늘어가는 것만 같다.

움직이지 않으면 머리가 돌아가지 않게 된다는 이야기, 그거 정말일지도. 아니, 하지만 그렇다면 스포츠 선수는 다들 머리가 좋다는 게 되려나. 음— 그건 뭔가 아닌 것 같은데.

나는 침대 위에 앉은 채, 그런 생각을 하고 있었다.

별안간 문이 열리고 신타로의 쾌활한 목소리가 방 안에 울려 퍼졌다.

"실례하겠습니다~. ……앗 선배, 오늘은 얼굴색이 좋아 보이네요."

"아아, 신타로. 오늘도 와줘서 고마워. 밖에 많이 덥지?"

"우와, 더운 정도가 아니에요~. 오늘이 올 들어 제일 더운 것 같은데요."

신타로는 그렇게 말하면서 바닥에 앉더니, 셔츠의 목 부분을 펄럭이며 부채질했다.

신타로가 말한 것처럼 밖은 엄청 덥겠지. 나는 신타로의 이마에서 흐르던 땀이 목덜미를 따라 떨어지는 것을 보면서 조금 미안한 기분이 들었다.

"이런 날에도 저지를 입다니, 정말 철저하구나. 그러다 건강 해치면 안 된다?"

"하하, 괜찮다니까요. 아, 그렇지. 이거 선물이에요."

신타로는 그렇게 말하더니, 종이봉투 안에서 박스로 포장된 바움쿠헨을 꺼냈다.

그 그리운 외관을 보자 어쩐지 즐거워져서, 나는 견디지 못하고 웃음을 터뜨렸다.

신타로가 고개를 갸웃했다.

"선배, 왜 그러세요? 바움쿠헨 싫어하세요?"

"아니, 그게 아니라. 맛있어 보이는구나~ 싶어서."

여름 방학이 시작되고 며칠이 지났는지는 기억하고 있다. 오늘로 으음 …… 열흘째. 틀림없을 거다.

신타로는 이번 여름 방학 동안 이따금씩 놀러 와주었다.

이런 더위 속에서 걸어와 준다는 것이 솔직히 미안했지만, 신타로의 방문은 나에게 있어 얼마 안 되는 즐거움이었다.

"그나저나 신타로, 괜찮은 거야? 단 거 싫어하면서 바움쿠헨 같은 걸 사오고……."

"네? 아아, 최근 들어 먹게 되었거든요. 뭔가 제대로 먹어보지도 않고 싫어했던 것 같아요."

신타로는 그렇게 말하면서 바움쿠헨을 우물우물 먹으며 「맛있다~」 하고 중얼거렸다.

이렇게 봐서는 억지로 먹고 있는 기색도 아니었기에, 나는 조금 안심했다.

"그러고 보니 처음 만났을 때도 「맛있다~」 라고 말하며 주스를 마셨지. 그때 재미있었어. 그렇게 맛있다는 듯이 마시는 사람은 처음 봤거든."

신타로는 부끄러운 듯이 머리를 긁었다.

"아니, 그때는 정말로 감동했어요. 저 그 이후로 탄산음료를 마시지 않는 날이 없어요. 정말 선배님 덕분이에요."

"그래서는 내 덕분이라기보다 뭔가 『나쁜 것을 알려줬다』는 느낌인데."

내가 그렇게 말하며 웃자, 신타로도 「별로 다르지 않는데요」라고 말하며 웃었다.

딱히 볼일이 없어도 함께 있고, 아무렇지 않게 이야기를 나누고, 별거 아닌 일로 함께 웃는다.

이렇게 있으면 문득 「우리는 친구일지도 모른다」고 생각하게 된다.

「친구」라는 것을 어떻게 정의하면 좋을지는 잘 모르겠지만, 신타로가 친구가 아니라면 나는 친구 같은 건 필요 없을 정도다.

물론 타카네도 친구다. 아니, 하지만 타카네의 경우는 「친구」라고 단정지어버리면 뭔가 이상한 응어리가 가슴에 남는다.

음~ 뭘까. 어쩌면 「그런 것」일지도 모르겠다고 생각하지만, 나는 그다지 그런 것에 적극적으로 나설 수가 없었다. 그런 말을 할 수 있을 리가 없다고 생각하게 되는 것이다.

……그야 그럴 만도 하지. 왜냐면 나는 이제 곧 죽을 테니까.

매미소리에 귀를 기울였다.

의외로 「나는 좋은 계절에 죽을 수 있겠구나」 하고 진심으로 생각했다. 혹여 눈 내리는 고요한 계절이었다면 분명 이성을 잃고 흐트러진 모습을 보였을 것이다.

그래서 최근에는 조금 생각에 잠길 것 같으면, 매미소리에 귀를 기울였다.

매미들이 필사적으로 「살아있어」 라고 알려주고 있는 듯한 기분이 들어서, 그럴 때마다 나는 마음이 조금씩 편해졌던 것이다.

그래도 역시 밤에는 괴로웠다. 「죽는다는 것은 뭘까」 하고 생각하기 시작하면 그야말로 끝이다.

얼마 안 있으면 「죽음」이라는 잘 알 수 없는 상태에 빠진다고 생각하면, 토를 할 것 같은 기분이 들었다.

맨 처음에는 숨이 멎고 그 뒤에 심장이 멈춘 다음, 피가 흐르지 않아서 뇌가 움직이지 않게 된다.

그렇게 되면 떠들거나 웃을 수 있기는커녕 보는 것도 듣는 것도 먹는 것조차도 할 수 없게 된다.

그뿐 아니라…… 이렇게 뭔가를 생각하는 것조차도 할 수 없게 된다. 그건 어떤 상태일까. 상상도 할 수 없다.

나는 그런 상상도 할 수 없는 「죽음」이라는 존재가 두렵고 무서워서 어떻게 할 수가 없었다.

　그러고 보니 예전에는 「천국」이라는 곳이 있지 않을까 하고 진심으로 믿었던 시기도 있었다.
　하늘 저 멀리에는 정말 그림으로 그린 듯한 「천국」이 있어서 모두 즐겁게 지내고 있는 게 아닐까 하고.
　나는 신타로와 다른 아이들보다 그곳으로 조금 먼저 갈 뿐, 언젠가 다시 만날 수 있을 거라고.

　……하지만 말이야, 그런 곳이 있을 리 없잖아.
　도대체 누가 그런 곳이 있다고 말한 거야. 가본 적도 없으면서. 거짓말쟁이다. 거짓말쟁이, 거짓말쟁이, 거짓말쟁이……!
　그래, 분명 죽은 다음에는 새까말 거야. 아무 것도 없는 새까만 세계에 나 홀로…….

　"……서, 선배?"
　신타로의 목소리에 나는 정신을 차렸다. 잠시 너무 깊이 생각에 잠겼었던 것 같다. 심장이 심하게 뛰고 숨쉬기가 힘들었다.
　나에게서 아무 대답이 없자, 신타로는 일어나서 방 밖으로 나가려고 했다. 누군가를 불러오려는 것이겠지.

나는 신타로의 팔을 잡아 제지했다.

"괜찮아…… 아, 알 수 있거든. 이건 위험한 증상이 아니니까……."

"하, 하지만 선배가 괴로워 보이는 걸요……."

신타로는 걱정돼서 어쩔 줄 모르겠다는 듯한 표정을 지었다.

걱정을 끼쳐놓고서 할 말은 아닐지도 모르지만, 나는 그게 무척 기뻤다.

그런 다음에는 이런 자신이 정말 싫어진다. 멋대로 생각에 잠겨서 멋대로 괴로워하고, 소중한 친구에게 민폐를 끼치다니…… 정말 비참하다.

심호흡을 몇 번 하자, 서서히 상태가 되돌아왔다. 되돌아왔다고 해도 뻔하지만.

말을 하려고 하면 상태가 조금 나빠지려고 했기에, 나는 잠시 입을 다물고 있었다. 신타로도 그 사이에는 아무 말 없이 나와 함께 창밖을 보고 있었던 것 같다.

하늘의 색이 변하고 저녁놀이 가까이 다가왔다. 계속 울리는 매미소리에 뒤섞여서 까마귀의 울음소리가 들리기 시작했다.

"……빨리 나으셨으면 좋겠어요."

신타로가 나직이 그런 말을 했다. 한참 만에 나온 말이기에, 나는 뭐라 대답할지 잠시 망설였다.

간단한 이야기다. 「그러게, 빨리 나을 수 있도록 노력할게」라고 말하기만 하면 되니까.

하지만 어째서인지 그 바보 같이 간단한 한마디가 목구멍 밖으로 나오지 않았다.

"……나을 일은 없을 거야."

신타로의 얼굴을 볼 수는 없었다. 보고 싶지도 않았고 내 얼굴도 보여주고 싶지 않았다.

"……서, 선배 무슨 소리를 하시는 거예요. 아, 최근에 조금 더워졌으니까 분명 그 때문에……."

"아니야. ……그렇지 않아, 신타로."

절대로 말하지 않겠다고 마음먹고 있었지만, 말을 멈출 방법을 도저히 찾을 수가 없었다.

"……난 죽을 거야. 이제 한 달도 남지 않았을 거야. 신타로와 친해지기 훨씬 이전부터 알고 있었던 일이야."

신타로에게서는 아무 대답도 들려오지 않았다. 나는 어떻게든 정신을 다잡으며 다시 입을 열었다.

"신타로. 나는 말이지, 이렇게 친한 친구가 생긴 게 처음이었어. 그래서 너는 정말 행복해졌으면 좋겠어. 앞으로 어

떤 괴로운 일이 있더라도 내 몫까지 오래 살아줬으면 좋겠
어."

저녁놀의 색이 짙어지면서 온 방 안이 주황빛으로 물들었다.
제멋대로인 말만 했구나, 라고 생각했다. 아니나 다를까
신타로도 대답하기 어려운 모양이었다.
이제 시간도 늦었으니 말을 꺼내지 않으면······.

"미안해, 신타로. 오늘은 이만 돌아가 주지 않을래? 이제
시간도······."
"저는······."
떨리는 목소리에 무심코 뒤돌아보자, 그곳에는 눈물을 뚝
뚝 흘리는 친구의 모습이 있었다.
"저는······ 서, 선배가 죽는 건······ 시, 싫어요······!"
신타로는 어려운 단어를 잘 사용할 줄 아는 사람이다. 말
도 조리 있게 잘하고 상대방을 배려하는 무난한 말을 쓸 줄
도 안다.
알고 있어. 친구니까 잘 알고 있어.
"나도······."
그래서 나는 신타로의 그 말에 모든 것을 억누를 수가 없
게 되었다.

"나, 나도 죽고 싶지 않아……! 어째서…… 어째서 나인 거야?! 이런 건 이상해……."

흘러넘친 눈물이 이불 위에 얼룩을 만들었다. 그러고 보니 이제껏 사람 앞에서 울어본 적이 없었던 것 같다.

"몸도 점점 이상해지고…… 이제 식사를 해도 아무 맛도 느껴지지 않아. 아아, 무서워, 무섭다고. 누가 도와줘……!"

나는 그렇게 쏟아낸 뒤, 이불에 얼굴을 묻고 울었다.

신타로가 한참 동안 등을 쓸어주었지만, 도대체 언제까지 그러고 있었을까.

어느샌가 나는 잠들어 버린 듯, 눈을 뜨니 밤이 되어 있었다.

침대 옆의 융단 위에서 신타로가 자고 있다는 것을 깨닫고, 나는 그에게 담요를 덮어준 다음 잠시 밖으로 나왔다.

한동안 정처 없이 걸었다. 이다음에 마지막으로 무엇을 해야 할지 생각했던 것이다.

『이 세상에 뭔가를 남긴다』 같은 거창한 일은 생각하지 않았지만, 왠지 모르게 「학교에 가자」고 생각했다.

그렇다. 얼마 안 있으면 『DEAD BULLET —1989—』 대회가 열린다.

모처럼 만들었으니까. 마지막 정도는 「코노하」로 「에네」에게 도전해보는 것도 좋겠지.

그런 생각을 하면서 나는 그저 밤길을 걸었다.

그 시간은 어쩌면 내 인생 속에서 가장 귀중한 시간이었을지도 모르지만, 나는 조금도 아깝지 않았다.

오늘, 8월 15일은 실로 평범하고 좋은 하루였다고 생각한다.

오늘 아침 뉴스에서는 「예년과 비슷한 기온에 활동하기 좋은 하루」가 될 것이라고 말했는데, 정말 그 말이 맞았다.

그러니까 딱히 불만 같은 건 없었다. 굳이 말하자면 마지막으로 한 번만 더 저녁놀을 보고 싶은 정도였다.

아아, 그리고 하나 더 말하자면 대회에는 나가고 싶었을지도 모르겠다. 하지만 그런 말을 꺼내기 시작하면 한이 없겠지.

……뭐, 인생이라고 하기엔 역시 조금 짧았다고 생각한다.

구급차의 사이렌 소리와 희미한 진동. 끊어질 듯한 의식 속에서 타카네의 목소리를 들었다.

아마 「괜찮을 거야」라거나 「정신 차려」 같은 말을 했을 거라 생각한다.

조금 전까지는 어떻게 할 수 없을 정도로 너무 고통스러웠는데, 지금은 그런 느낌도 들지 않았다.

뭘까, 통증이 가라앉은 느낌은 아닌데. 이상한 감각이지만 「사라졌다」는 느낌이었다.

아마 내 안의 「통증」을 느끼는 부분이 아예 죽어버렸기 때문이겠지. 물론 확인할 방법은 없지만, 그렇게 생각하자 쓸쓸한 기분도 들었다.

소리가 귓가에서 윙윙 메아리치는 느낌으로 들리더니, 결국 타카네의 말도 뉘앙스만 파악할 수 있게 되었다. 무슨 말을 하고 있는 걸까. 하지만 역시 조금 슬퍼보였다.

아아, 타카네 미안해. 정말로 미안. 너에게 받은 게 산처럼 많은데, 무엇 하나 돌려주질 못했네.

화를 내겠지. 응, 화를 내도 좋아. 때려도 돼. 그래서 기분이 풀린다면 무엇을 해도 괜찮아.

아아, 하지만 나 말고 다른 사람은 너무 때리면 안 돼. 앞으로 멋진 사람들을 잔뜩 만날지도 모르니까, 그런 사람은 꼭 소중하게 여겨줘.

응, 맞아. 타카네는 다정하고 좋은 아이니까 앞으로는 좀 더 많이 웃고 행복해졌으면 좋겠다.

그러니까, 타카네. 이제 울지 마…….

마지막으로 남아 있던 소리의 울림이 사라지자, 드디어 나는 아무 것도 느끼지 못하게 되었다.

그렇게나 두려워하던 정적인데 막상 눈앞에 두고 보니 별 거 아니었다.

이것이 「죽는다」는 건가.

아니, 아직 이런 생각을 한다는 것은 죽기 직전이라는 것 일까.

주마등이나 그런 세련된 것도 없는 것 같은데 이게 뭔지 잘 모르겠네.

이제 슬슬 내 생각도 사라지는 걸까. 이대로 아무 것도 생각할 수 없게 되고, 그리고…….

……싫어.

역시 싫어. 죽고 싶지 않아.

난 이제 앞으로 어떻게 되는 거야? 저기 타카네, 아직 가 까이에 있는 거야? 있다면 알려줘. 응? 말 좀 해봐…….

타카네, 신타로, 아야노, 선생님…….

좀 더, 좀 더 모두와 함께 있고 싶었어. 좀 더 많이 놀고 싶었어.

이런 연약한 몸으로 태어나고 싶지 않았어. 좀 더 강한…… 그야말로 게임 속 주인공처럼 강한 몸을 갖고 있었더라면, 언제까지나 계속 모두와 함께 있을 수 있었을 텐데…….

언제까지나…… 모두와…….

『……원하는가. 어리석은 인간이여』

별안간 어둠 속을 가득히 채운 그 말은 어디에서 들려오는 걸까.

그런 생각을 하자마자 마치 전원 코드가 뽑힌 것처럼 내 의식도 끊어졌다.

*

―인생도 끝나고 감각도 사라졌는데 그래도 남아 있는 『나』는 무엇일까.

눈앞에 펼쳐진 순백의 공간. 줄지어선 엄청 많은 양의 링거대. 나는 그 중심에 놓인 침대 위에 있었다.

하얀 침대 위에 꿰매 붙여진 것처럼 몸이 전혀 움직이지 않았다. 그저 내 자아만이 그곳에 있는 듯한 감각이었다.

여기는 「현실」이 아니다. 나는 죽은 것이다.

내가 그것을 이해하기까지 그리 오래 걸리지 않았다.

그저 어떻게 봐도 「천국」이라는 장소는 아니다. 여기는 도대체…….

『……인간, 네 소원은 들어주었다.』

어디에서라고 할 것 없이 말이 들려왔다. 사람의 말 같았지만, 사실은 그렇지 않았다. 쉭쉭거리는 기분 나쁜 소리다.

그럴 텐데 어째서인지 나는 그 소리를 사람의 말처럼 이해할 수 있었다.

"소원? 너는 도대체……."

물어보려던 순간, 나는 침대 옆에 서 있던 「익숙한 모습」을 발견하고 할 말을 잃었다.

『너의 몸이다. 뭘 놀라는 거지? 이것이야 말로 네가 원하던 「이상적인 몸」이 아닌가.』

　하얀 머리카락에 검은 목걸이. 그곳에는 내가 만든 게임 캐릭터 『코노하』의 모습이 있었다.

　"어, 어째서 코노하가…… 게다가 이것이 내 몸이라니 무슨……."

　코노하의 무기질적인 눈동자가 나를 들여다보았다. 그러자 내 머릿속에는 「코노하가 보고 있는 내 모습」이 흘러들어 왔다.

　머리가 강제적으로 코노하를 이해한다. 이 녀석은 나다. 내 몸 안에 『뭔가』가 들어와서 내가 튕겨 나온 거야.

　『네가 바라던 것이지? 「강한 몸을 갖고 싶다」는. 너의 소원은 이루어졌다. 다만 빈약한 너의 「정신」은 튕겨져 나온 모양이다만.』

　내 몸이 『코노하』가 되고 나는 튕겨져 나왔다고?

　그런 건 이상해. 그런 건 「내가 바라던 것」이 아니야.

　"아, 아니야! 그게 아니야! 내가 바란 것은 모두와…… 『친구와 함께 있고 싶다』였다고!"

　『……아아, 확실히 그랬지. 그럼 이렇게 하도록 하지.』

　그 목소리는 마치 「잘 말했다」고 말하듯이, 기쁘게 쉭쉭 소리를 내며 그렇게 말했다.

　다음 순간, 코노하가 서 있던 지면이 검게 변하더니 코노하를 집어삼키기 시작했다. 코노하는 아무런 저항 없이 그대로 삼켜져갔다.

"뭐, 뭐하는 거야?! 그만 둬…… 그만 둬!"

『「친구」가 있는 곳으로 가는 것이다. 이야, 네가 그런 소원을 빌어서 정말 다행이야. 너 같은 「찌꺼기」라도 「주인」이라는 것은 변함이 없으니. 네가 원하지 않으면 아무 것도 「이루어」질 수 없으니까 말이지.』

코노하의 눈동자가 나를 계속해서 바라보았다.

머릿속으로 흘러들어오는 나의 얼굴은, 절망에 빠진 듯한 표정을 짓고 있었다.

그래, 그런 건가.

이 목소리의 주인은 『내 소원을 이루어준다』는 명목으로 내 몸을 빼앗아서 현실 세계로 가려고 하는 거야.

"……저쪽 세계로 가서 뭘 하겠다는 거야."

『아니 아니, 이건 그저 「습성」일 뿐이다. 「여왕」에게 끌려가는 체질이라서 말이야. 게다가 움직이는 것은 다른 무엇도 아닌 「너의 소원」이다. 무엇을 할지는 너에게 달려 있지.』

"……지독하구나, 너."

『무슨 말을 하는 거냐. 「더욱 지독한 녀석」도 있는데. 애초에 네가 이쪽으로 오게 된 가장 큰 원인은 그 녀석에게 있지 않은가.』

　목소리가 거기까지 말했을 때, 코노하의 몸은 완전히 집어삼켜진 상태였다.

　가장 큰 원인?
　내가 죽은 가장 큰 원인이라니, 그런 건 병 이외에는 없을 터였다. 목소리의 주인은 도대체 무슨 말을 하고 있는 걸까.

　잠시 아무 말도 하지 않고 있자, 별안간 머릿속에서 소리가 울리기 시작했다. 나는 단박에 그것이 『코노하』가 듣고 있는 소리라는 것을 깨달았다.
　물속에 있는 것처럼 무언가에 잠겨 있는 느낌이 들었고, 어떤 기계가 작동하고 있는 소리가 들렸다. 이어서 비웃는 듯한 사람의 웃음소리가 울려 퍼졌다. 음색이 전혀 달라서 순간 알아차리지 못했지만, 곧바로 나는 그 목소리의 주인이 누구인지 깨달았다.
　"선생님……?"
　지금 들린 목소리는 분명 선생님의 목소리였다. 하지만 도대체 왜?

　"……역시 강한 몸을 원했구나. 그래서 너를 골랐던 거야.

『눈을 뜨는』 쪽도 어슬렁어슬렁 나왔으니, 이걸로 우선 1단계는 성공이군."

선생님의 목소리는 평소처럼 기운이 없는 느낌이 아니라, 조금 전의 쉭쉭거리던 소리와 많이 닮은 교활한 느낌이 들었다.

내가 듣고 있다는 것을 아는지 모르는지, 선생님은 잠시 웃은 다음에 이야기를 계속했다.

"하지만 이렇게 한 방에 일이 풀릴 줄은 몰랐어. 1년에 걸쳐 준비한 보람이 있었군. 아니 정말 큰일이었다고? 『수면 욕구』와 『허약 체질』. 너희 두 사람을 동시에 그쪽으로 처넣는다는 게 말이지."

그 순간, 코노하가 눈을 떴는지 머릿속으로 영상이 흘러 들어왔다.

어두운 시야 속에서 무엇인가 크기가 다양한 모니터가 여기저기 흩어져 있는, 실험실 같은 방이 보였다. 그곳에는 역시나 들려왔던 대로 선생님의 모습도 있었다.

그리고 그 뒤쪽에도 누군가가……. 아니, 잠깐 기다려, 저 아이는 설마……!

"오오, 눈을 떴나? 코노하. 친구를 만나러 왔는데 미안하지만……."

선생님의 등 뒤에 누워 있는 타카네의 모습을 보고 나는 말문이 막혔다.

"네가 함께 놀고 싶어 했던 친구는 말이다. 이미 죽어버렸단다."

길고 긴 옛 이야기였다고 생각하지만, 이상하게도 시간의 흐름은 느껴지지 않았다.

그것은 이 공간에 있기 때문일지도 모르고, 하루카 선배의 이야기가 전부 신선해서 그만 몰입해버렸기 때문일지도 모른다.

하루카 선배는 이야기를 얼추 끝낸 다음 「후우」 하고 작게 숨을 토하더니 다시 내 쪽을 돌아보았다.

"……좀 길었으려나. 미안."

나는 고개를 가로저었다.

대답을 하려고 했지만, 좀처럼 괜찮은 말이 떠오르지 않았다. 그러고 보니 옛날에 하루카 선배의 집에서 병에 대한 이야기를 들었을 때도, 나는 말문이 막혀 곤란해 했었다.

그로부터 벌써 2년이나 지났는데, 나도 정말 성장한 게

없구나.

하지만 아무 말도 안 할 수는 없었다. 나는 어떻게든 말을 골라서 입을 움직였다.

"음, 놀랐어요. 그…… 코노하의 정체가 설마 선배였다니……."

하루카 선배는 살짝 수줍어하더니 「미안해, 그쪽에서는 말을 할 수가 없었거든」 하고 대답했다.

하루카 선배는 사과했지만, 조금 전의 이야기에 의하면 그것은 어쩔 수 없는 일이 아닐까 생각한다.

코노하에게는 코노하의 인격이 있고, 하루카 선배의 몸을 움직이고 있는 것은 다른 누구도 아닌 코노하 자신이었으니까.

하루카 선배의 이야기를 들은 탓인지, 나는 여기에 이르기까지의 대부분의 기억을 되찾은 상태였다.

하루카 선배가 죽은 뒤, 요 2년 동안 있었던 일 말이다.

학교를 그만두고 집에 틀어박혔던 것. 에노모토가 바보 같은 텐션으로 변모해서 우리 집 컴퓨터에 정착한 것. 그것을 이제까지 받아들이지 못하고 있다는 것. 메카쿠시단 녀석들과 만난 것……. 떠올려보니 잊고 있었던 것이 이상할 정도로 이상한 이야기뿐이었다.

그래, 나는 「메카쿠시단」에 들어갔다. 얼른 돌아가서 「아지랑이 데이즈 공략 작전」인지 뭔지를 도와줘야만 한다.

한시라도 빨리 여기를 나가야 한다. 하지만 그러기 위해서는 한 가지 중요한 사실을 떠올려야만 했다.

마리의 집에 갔던 날. 그 다음날부터 여기에 오기까지의 기억이었다. 어째서인지 그것은 전혀 떠오르질 않았다. 곤란한 일이다.

"……신타로. 나 맨 처음에 「사과해야만 하는 일이 있다」고 말했잖아. 기억해?"

"아아, 그러고 보니 그런 말을 하셨죠. 하지만 조금 전 이야기에 그럴 만한 부분이 있었나요?"

"아니, 없어. 그도 그럴 게 이제부터 이야기할 테니까……."

하루카 선배는 말하기를 주저하면서도 계속해서 이런 이야기를 했다.

"여기에 온 이유가 기억나지 않는다고 했지. 그건…… 정말이야?"

정말? 그런 질문을 받고 나는 고개를 갸웃했다.

"싫다, 정말이에요. 왜 그런 걸 물어보세요?"

하루카 선배는 그 순간 슬픈 표정을 지었다.

"그도 그럴 게 내 얼굴을 보고도 떠올리지 못할 리가 없으니까. 분명 나를 감싸려고⋯⋯."

"네에? 아니 아니, 까닭을 모르겠다니까요. 저 지금도 엄청 신경 쓰이는 걸요."

"애초에 그 태도부터가 이상해. 이렇게 이상한 공간에 있잖아? 그런데도 그렇게 태연히 있을 수 있다는 것이 이상해."

⋯⋯괜찮아요, 하루카 선배. 말하지 않아도―.

"저기, 신타로, 잘 생각해봐. 왜냐하면⋯⋯."
⋯⋯싫어, 부탁이니까 말하지 말아줘. 부탁이니까!

"······그도 그럴 게 너는 나에게 ×당해서 죽었는걸?"

멈췄던 심장이 욱신거린다.
마치 「잊지 마」 하고 충고하는 것 같았다.

"저기, 신타로. 부탁이야. 코노하를…… 나를 죽여줘. 이 이야기가 게임 오버되기 전에……."

하루카 선배는 그렇게 말하더니, 그 여름날처럼 울기 시작했다.

『아지랑이 데이즈』의 한가운데서 나는 멍하니 서 있었다.
나 같은 게 뭘 할 수 있다는 거야. 누구 하나 살리지 못한 내가, 도대체 뭘…….

■~작가 후기『눈 둘 곳을 찾지 못하는 이야기』~

진입니다. 『아지랑이 데이즈Ⅵ-over the dimension-』을 집어주셔서 영광입니다.

전권 『아지랑이 데이즈Ⅴ-the deceiving-』의 후기에서 「다음 6권도 그리 멀지 않은 시기에 발표할 수 있을 거라 생각합니다. ☆데헷 페로티☆」 같은 말씀을 드린 지 벌써 1년이 지났습니다.

……네? 도대체 무슨 일이 일어났나요?(당황).

1년이라고요, 1년. 햄스터의 일생으로 환산하면 거의 반평생에 해당하는 기간이라고요. 정말, 믿을 수가 없습니다. 발간 속도가 너무 느려요.

이제 정말 적당히 해줬으면 좋겠네요. 그렇죠? 네, 정말로 죄송합니다(무릎 꿇고 엎드림).

아니, 요 1년 동안 애니메이션과 라이브와 음악 제작 때문에 정말 여러모로 정신이 없었습니다. 앞으로는 속도를 내서 출간할 수 있도록 노력하겠사오니, 버리지 말아주시면 기쁘겠습니다(눈물).

이런 이유로 기다려주신 분들께 정말 죄송합니다. 간신히 나온 6권입니다.

이번 주인공은 「하루카」라는 샤이 보이였습니다만, 이게 또 쓰는 것이 몹시 어려운 캐릭터였습니다.

처음 쓰는 캐릭터였기 때문인 것도 있습니다만, 무엇보다도 그의 「퓨어함」을 어떻게 표현할까 하는 부분으로 고민했습니다.

뭐, 고민하는 것도 당연하지요. 쓰고 있는 제가 퓨어와는 정반대의 장소에 있으니까요. 가슴(사악).

그래서 집필하는 동안 「이 장면의 하루카는 뭐라고 말하는 거야! 으아! 으아아악!」 하고 외쳤던 것도 한두 번이 아닙니다.

아야노와 처음 만났을 때 하루카가 말한 대사도 처음에는 「너, 엄청 예쁘다. LINE 알려줘」였습니다만, 철가면을 쓴 편집자가 「이 바보 자식이♡」라고 말하면서 제 손톱을 뽑을 것 같았기 때문에 채택되지 못했습니다. 정말 까불면 제대로 되는 일이 없네요.

하지만 고생해서 쓴 캐릭터야말로 사랑스러워지는 법이

라, 지금은 정말 하루카에게 홀딱 반한 상태입니다.

후반에 신타로가 하루카의 병문안을 가는 장면이 나옵니다만, 오히려 제가 가고 싶었습니다.

"하루카, 오늘은 상태가 좋아 보이는데……."

"진 씨, 더운데 와주셔서 감사해요."

"신경 쓰지 않아도 괜찮당께(씨익)."

이렇게 말하고 싶었습니다. 아니, 정말 오히려 저를 over the dimension시켜주세요. 슬슬 괜찮잖아요(?).

이러저러해서 본편을 다 쓴 뒤에 지금 이렇게 후기를 쓰고 있습니다만, 실은 조금 곤란한 상태입니다.

으음, 집이 없어져버렸습니다(절망).

너무나도 바쁜 나머지, 빌리고 있던 집의 계약 기간이 끝나기 전에 새 집을 찾지 못한 것입니다.

계약 기간이 끝나버렸기 때문에, 지금은 신세를 지고 있는 사무소의 방 하나를 빌려 머물고 있습니다. 소설도 그곳에 틀어박혀 썼습니다. 으으, 비참합니다. 사무소 직원 분들께도 죄송합니다.

그렇습니다. 항상 소설을 쓸 때는 방에 틀어박혀 계속해서 끝없이 써나갑니다. 정해진 집필 기간도 전혀 없기 때문에, 하루에 열 시간이나 까딱 잘못하면 훨씬 더 오래 쓸 때도 있습니다.

그렇게 되면 역시 방 안이 「쓰레기삐(부드러운 표현)」로 넘쳐 나게 되는 것입니다. 물론 식사도 하기 때문에 정리하지 않으면 「냄새삐(부드러운 표현)」도 어마어마해집니다. 그런 걸 사무소에 있는 방 안에서 당하게 된다면 정말이지 견딜 수가 없지요. 사무소 직원 분들도 「혐오감삐(부드러운 표현)」를 느끼셨을 겁니다. 정말 죄송합니다.

이런~ 살벌한 이야기를 적었습니다만, 이번에도 다정한 스태프 분들의 지원을 받은 덕분에 어떻게든 이렇게 완성할 수 있었습니다.

매번 멋있고 귀여운 그림을 그려주시는 시즈 씨에게도 정말 고개를 들 수가 없습니다.

이야, 정말 열심히 해야겠다고 생각합니다. 아니, 열심히 하겠습니다.

일단 집을 찾아서 바로 7권 집필에 들어가고 싶습니다.

본편은 「왜 신타로가 이렇게 된 거야?」 같은 부분에서 끝나버렸으니까요. 다음 권에서 해결되는 내용을 기대해주신다면 기쁘겠습니다.

그리고 전권에서도 잠시 언급했던 「스핀오프」도 꼭 해보고 싶습니다. 물론 본편 집필이 우선이겠지만요.

그래서 이전에 잠시 편집자와 이야기를 나눴습니다. 분명 이야기의 내용은 다음과 같은 느낌이었습니다.

나 "○○○를 주인공으로 해서 스핀오프 시리즈를 쓰고 싶은데요……."

편집자 "이 바보 자식이♡(괜찮은데?)."

나 "편집자님……. 크흑……(할짝할짝)."

그래서 기대는 하지 마시고 기다려주신다면 기쁘겠습니다. 오히려 「이 녀석의 이야기를 좀 더 읽고 싶어!」 같은 부분이 있다면 부디 의견을 보내주세요.

그럼, 다음 권을 얼른 출간할 수 있도록 열심히 하겠으니, 앞으로도 부디 잘 부탁드립니다!

진(자연의적P)

배가

꼬르륵거립니다.

시즈

『아지랑이 데이즈』 6권입니다. 읽어주셔서 감사합니다.

여기에는 본문 내용이 일부 포함되어있습니다. 혹시 내용을 미리 알고 싶지 않으신 분은 본문부터 읽고 봐주시면 감사하겠습니다.

이번에는 책날개에 적혀 있는 내용과 관련된 이야기를 해볼까 합니다.

마침 일러스트레이터 분이 책날개에 모스 부호로 인사말을 남기셨죠. 혹시 무슨 내용인지 짐작하셨나요? 모스 부호를 해독한 결과 내용은 '밥솥으로 지은 밥이 맛없다.(すいはんきでたいたこめがまずい)'였습니다. 저희 집 밥솥은 밥이 참 맛있게 되는데요, 일러스트레이터 분께 저희 집 밥솥을 소개시켜드리고 싶네요.

밥이라고 하니 책날개에 적혀 있는 대로 저는 번역할 때 제 의도와는 상관없이 번역하는 작품에 등장하는 음식을 먹게 되는 일이 많습니다. 특히 아지랑이 데이즈를 작업할 때는 생각지도 못하게 콜라를 받는 일이 늘어납니다. 치킨을 시켰는데 평소와 달리 1.5리터짜리 콜라가 서비스로 오거나, 집에 놀러온 친구가 선물이라며 콜라를 들고 오기도 합니다.

언젠가는 작업 중이던 책에서 생선구이가 나왔는데요, 매일 반찬이 다르게 나오는 밥집에 밥을 먹으러 갔더니 그날 반찬으로 생선구이가 나온 적도 있습니다. 책에 콩자반이 나오자 앞의 가게에서 콩자반이 반찬으로 나오기도 하고요. 사실 이번 책을 작업할 때는 친구랑 만날 약속을 잡으면서 뭘 먹을까 고민하는데 덮밥을 먹으러 가자는 이야기가 나와 깜짝 놀랐답니다. 그리고 그날 집에서 나온 저녁 메뉴는 카레라이스였습니다. 참 신기하죠?

이렇다 보니 작업할 때마다 이번 책에서는 어떤 음식이 나올까 내심 기대가 되기도 합니다. 이왕이면 맛있는 게 많이 나왔으면 좋겠는데 말이죠. 모든 사건이 해결되고 메카쿠시단 멤버들이 다 함께 둘러앉아 바비큐 파티를 하거나 전골 요리를 먹는 모습을 상상해보곤 합니다. 과연 다음 권에서는 어떤 이야기와 함께 또 어떤 음식들이 나올까요. 기대되네요! 그럼 7권에서 다시 뵙겠습니다.

역자 이수지 올림

표지 일러스트 러프

신
발
끈

책 더미

TV

본문 일러스트 ① 러프 (옆으로 회전되어 있습

(옆으로 회전되어 있습니다.)

본문 일러스트 ② 러프

본문 일러스트 ③ 러프 ^{(옆으로 회전되어 있습}

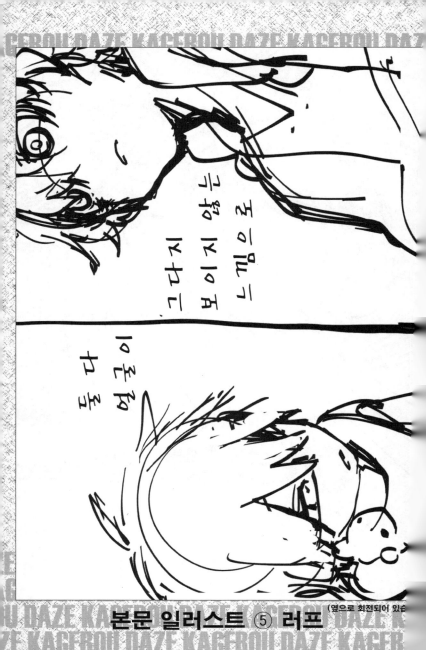

죽음으로밖는 더 이상 미치지 않는지

가눌 수밖이

본문 일러스트 ⑤ 러프

(옆으로 회전되어 있습

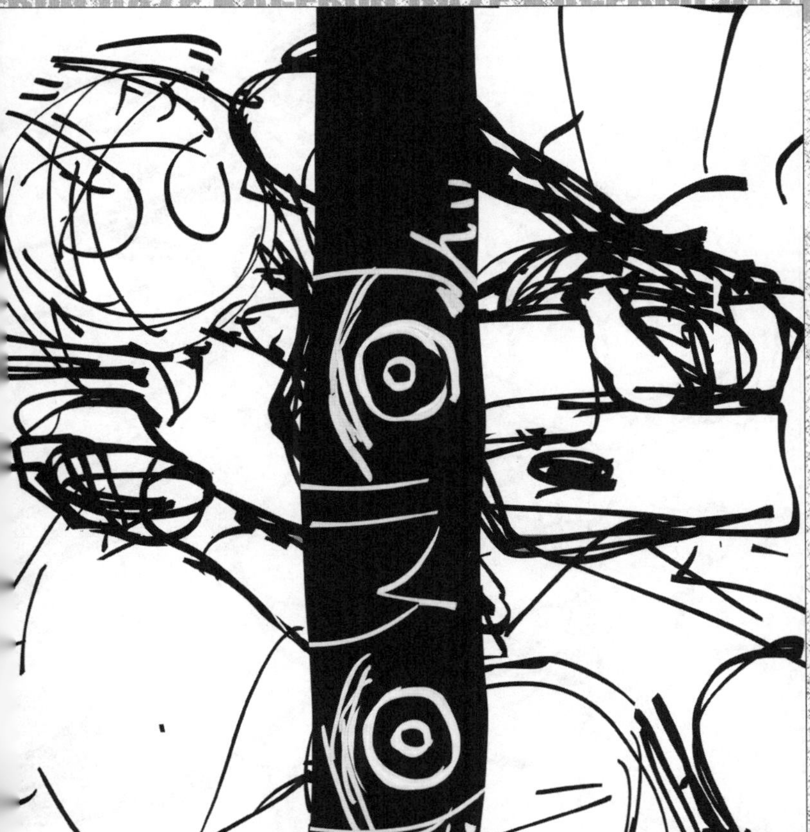

(옆으로 회전되어 있습니다.)

본문 일러스트 ⑥ 러프

아이코

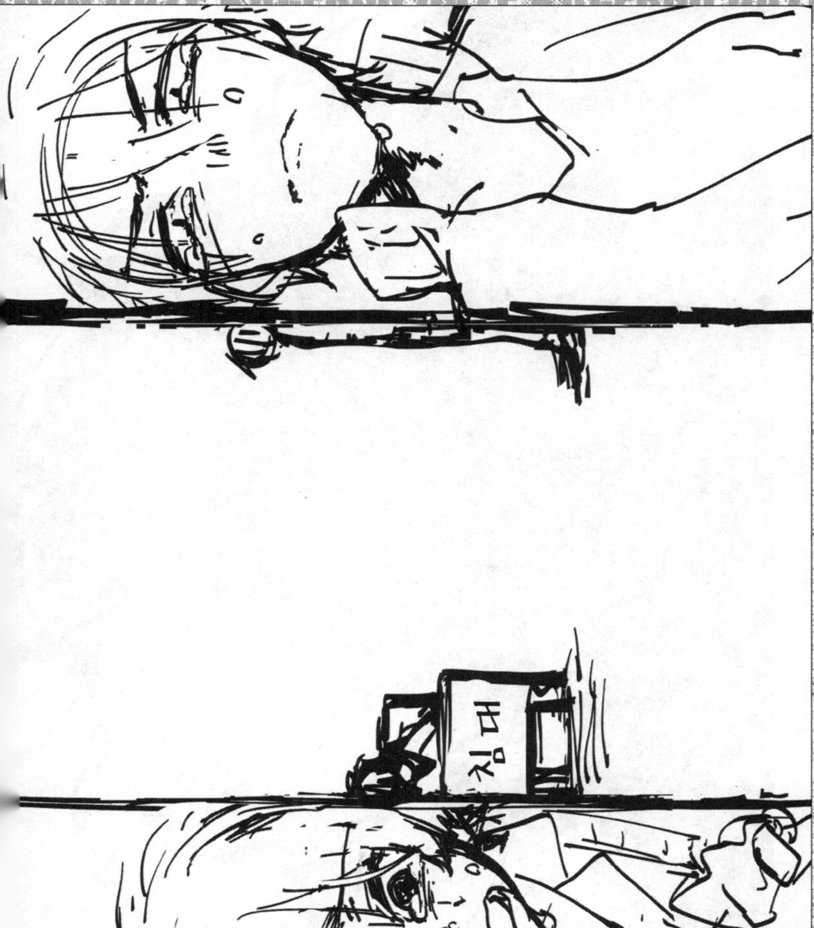

본문 일러스트 ⑧ 러프 (옆으로 회전되어 있습니다.)

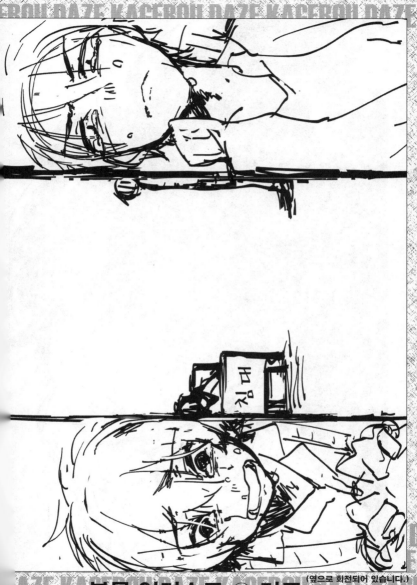

아지랑이 데이즈 6
–over the dimension–

초판 1쇄 발행 2015년 12월 10일

지은이_ JIN (SHIZEN NO TEKI-P)
일러스트_ SIDU
옮긴이_ 이수지

발행인_ 신현호
편집부장_ 김은주
편집진행_ 최은진 · 김기준 · 김승신
편집디자인_ 양우연
국제업무_ 김현희
관리 · 영업_ 김민원 · 조인희

펴낸곳_ (주)디앤씨미디어
등록_ 2002년 4월 25일 제20-260호
주소_ 서울시 구로구 디지털로 26길 111 JnK디지털타워 503호
전화_ 02-333-2513(대표)
팩시밀리_ 02-333-2514
이메일_ lnovel.admin@gmail.com
홈페이지_ www.lnovel.co.kr

원제 Kagerou Daze –over the dimension–
ⓒ KAGEROU PROJECT/ 1st PLACE
All Rights Reserved.
First published in Japan in 2015 by KADOKAWA CORPORATION ENTERBRAIN
Korean translation rights arranged with KADOKAWA CORPORATION ENTERBRAIN

ISBN 979-11-86906-05-7 04830
ISBN 978-89-267-9484-5 (세트)

값 6,800원

© HAJIME KAMOSHIDA ILLUSTRATION:Keji Mizoguchi
KADOKAWA CORPORATION ASCII MEDIA WORKS

청춘 돼지는 바니걸 선배의 꿈을 꾸지 않는다

카모시다 하지메 지음 | 미조구치 케이지 일러스트 | 이승원 옮김

아즈사가와 사쿠타는 도서관에서 야생의 바니걸과 만났다.

바니걸의 정체는 사쿠타가 다니는 고등학교의 선배이자,
활동 중지중인 인기 탤런트 사쿠라지마 마이였다.
며칠 전부터 그녀의 모습이 『주위 사람들에게 보이지 않는 현상』이 발생했고,
이것은 인터넷상에서 화제가 되고 있는
불가사의 현상 『사춘기 증후군』과 관계가 있는 걸까.
원인을 찾는다는 이유로 마이와 가까워진 사쿠타는 이 수수께끼를 풀려고 하지만,
사태는 생각지도 못한 방향으로 나아가는데—?

하늘과 바다로 둘러싸인 마을에서, 나와 그녀의 사랑에 얽힌 이야기가 시작된다.

『사쿠라장의 애완 그녀』 콤비가 전해드리는
새로운 청춘 스토리 개막!

라이트노벨의 새로운 빛! L노벨의 신간은 매월 10일에 발매됩니다. www.lnovel.co.kr